今野 敏

罪責 潜入捜査
〈新装版〉

実業之日本社

実業之日本社文庫

目次

佐伯連《さえきのむらじ》——古代より有力軍事氏族として宮廷警護などにあたった。一族のうち子麻呂は大化改新の口火となった蘇我入鹿暗殺（六四五年）において功をあげた。

1

彼は、東京郊外にある小学校の教師で、いつものように放課後の校庭で遊ぶ生徒たちの姿を眺めていた。

今年で五十歳を迎える彼は、小学校もずいぶんと様変わりしたものだと感じていた。昔は、日が沈みかけるまで生徒たちが校庭を駆け回っていたものだった。ところが、今では、高学年の生徒は、早々と帰宅してしまう。塾に行かなければならないのだ。

学校も管理上の問題から生徒を早く帰そうとする。特に低学年の児童を遅くまで学校に残しておくのを嫌う。

今、わずかに校庭に残っているのは、三年生か四年生の児童たちだった。やはり、彼らの間でもサッカーの人気が高いようだった。

何人かの子供たちはサッカーボールを追いかけて走り回っている。

「ん……?」

ベテラン教師の彼は、思わずそう声に出していた。

「何をやっているんだ……？」

彼は、数人の子供たちが、水のかけっこをしているのに気づいた。

その子供たちは校庭のすみにいた。近くに水道の蛇口が並んでいる。

その水を何か小さな容器に入れて飛ばしているようだった。水鉄砲のように、細い水が飛び交っている。

玩具《おもちゃ》を学校に持ってくることは禁止している。理科の実験で水鉄砲を使うこともあるだろうが、特にそうした話は聞いていなかった。

彼は気になって様子を見に行くことにした。

子供たちは、大声でわめきながら水をかけ合っている。子供独特の躁《そう》状態だ。叫び、水をかけ合い、笑っている。

彼は子供たちに近づき、何を手に持っているのかよく見た。眉をひそめた。

注射器だった。

どうして子供たちが注射器を持っているのか？

子供たちは七人いた。その全員が注射器を持っている。どこから手に入れたのだろう？

「こらこら、やめなさい」

彼は言った。

子供たちは、はっと教師のほうを見た。躁状態は一瞬にして消え去った。一様に不安そうな顔をしている。

彼らは、不安な眼差《まなざ》しで教師を見つめ続けていた。誰も何も言おうとしない。

「何を持っている？　見せなさい」

子供たちは、互いに顔を見合った。一番前にいた子がおずおずと差し出した。

使い捨ての注射器だった。針がついている。

「どうしたんだ、これ？」

子供たちはこたえない。

ベテラン教師は声の調子を柔らかくした。

「怒っているわけじゃない。これをどこで手に入れたか知りたいんだ。教えてくれ」

注射器を差し出した子がこたえた。

「拾ったんです」

「拾った？　どこで？」

「北校舎の裏のゴミ捨て場……」

「ゴミ捨て場……？」

「そう。まだいっぱいあるよ」

「行ってみよう。さ、案内するんだ」

子供たちは言う通りにした。

北側の校舎の裏手には焼却炉があり、その周囲にゴミが捨てられている。古くなった机や椅子が積まれており、その他のゴミも多い。ゴミはゴミを呼ぶのだ。

その一角に、別の子供の一団が集まっていた。彼らの足もとがきらきらと光っている。

教師が近づいてくるのを見て、その子供たちが、手を止めた。子供というのは、いつも教師に叱られるのを恐れているのだ。

教師は、そこにやはり使い捨ての注射器が捨てられているのを見た。針がついたままだ。

「危ないから離れなさい」

彼は言った。「注射器を拾っちゃだめだ。すぐに捨てなさい」

「何で？」

注射器を物色していた新たな一団のなかの子供が尋ねた。「捨ててあるものを拾って、なぜいけないんですか？」

「危険なんだ。注射器の針には血がついている。その血に病気のウイルスが潜んでいるかもしれない」

「ひゃー、エイズだ」

集団のなかの誰かが言った。

子供たちの情報収集力をばかにはできない。小学校の三、四年くらいになれば、エイズがどういう病気か知っている子もいる。

「そうだ。だから、ここに捨ててある注射器を拾っちゃいけない」

実際、エイズの感染力は弱いので、捨てられた注射器の針から感染する可能性は少ない。

しかし、可能性はゼロではない。さらに、教師が心配したのはB型肝炎だった。同じ体液や血液で感染するのだが、B型肝炎の感染力はエイズに比べると桁違いに強い。一億分の一ccの血液で感染するといわれている。

グループの後方で手を押さえている子供がいた。彼は、何か不安そうな顔をしていた。

そして、彼は、指を口に持っていってくわえた。

教師はそれに気づいて、その子供に近づいた。

「どうした?」

子供は、教師の態度にすっかりおびえ、自分が叱られているのだと思ってしゅんとしていた。

教師はもう一度尋ねた。

「指をどうしたんだ。言いなさい」

その子は、おびえきった表情でこたえた。

「針が刺さりました」

「注射器の針か?」

「はい……」

教師は、どうすべきか迷った。すぐに病院に連れて行ったところで、何かの病気に感染したかどうかはわからないだろう。

特に、エイズやB型肝炎は潜伏期間が長い。

彼は、その子供のクラスと名前を訊いた。あとで事情を両親に話し、病院で検査を受けさせるつもりだった。

「さあ、持っている注射器をここに捨てて、向こうへ行きなさい。二度と拾っちゃだめだ」

子供たちは言われた通りにした。

彼は、職員室に戻ると、すぐに、注射器の針を指に刺した子供の担任を探した。子供の担任はすぐに見つかった。まだ二十代の若い教師だった。

ベテラン教師は事情を話した。

「すぐに、子供の父兄に連絡を取ってください」

若い教師は苦い表情になった。ベテラン教師の顔は見ずに、手もとの書類を見つめている。

「まずいですね……」

若い教師は言った。

「そう。万が一のことを考えて、早急に手を打たないと……」

「こっちから父兄には連絡できませんよ」

ベテラン教師は驚いた。

「なぜだ？」

「子供が起こしたトラブルには、なるべく学校が関わらないほうがいいんじゃありませんか？」

ベテラン教師の驚きは怒りに変わっていた。

「そんなことを言っている場合ではないだろう。子供が何か悪い病気に感染していたらどうするんだ？」

「だが、していないかもしれません。僕はむしろ、感染していない可能性のほうが大きいと思いますね。子供が指に刺した注射器の針が、エイズやB型肝炎のキャリアに使われたものである可能性は少ない。もし、そうした人に使われた注射器であっても、それから必ず感染するとは限らない。指にちょっと刺しただけなのでしょう？」

「では、どうすればいいというのだ？」

「何もしないのが一番じゃないですか？」

「何だって……」

「いいですか。藪《やぶ》をつついて蛇《へび》を追い出すことはないんです。今、僕らが父兄に何かを言うと、父兄は必ず学校の管理体制について、ああだこうだと言ってきます。責任を追及されるんです。黙っていれば、このまま何事も起こらないかもしれない。

子供の指の刺し傷など、すぐに治ってしまいます」

「感染していたらどうする？」

「そのときになって考えればいい」

「話にならん。その子の父兄の連絡先を教えるんだ。私が知らせる」

若い教師がベテラン教師を睨《にら》んだ。

「冗談じゃない。僕が担任です。そんなことをされたら、僕の立場はどうなるんです」

「立場、責任……。そんなものが子供の生命より大切だというのか」

「おおげさですよ。子供が指先に針を刺した――ただそれだけのことです」

周囲の教師たちがその話を聞いていたが、誰ひとり関わり合いになろうとはしなかった。

若い教師は、話し合いを切り上げたがっているようだった。実は、これからデートの約束があり、彼にとっては、現在、そのことが何よりも大切なのだった。

独身の男性は、時折、恋愛や結婚が、すべてのことに優先するという錯覚を起こしてしまう。

ベテラン教師は、これ以上何を言っても無駄だと判断し、教頭の机に近づいた。

彼は、教頭にゴミ捨て場の注射器について報告し、指先に針を刺した生徒の処遇について相談した。

教頭は、若い教師同様に、難しい顔をした。ベテラン教師も、教頭が頭を悩ませることについてはある程度納得していた。

管理職というのはそういうものだ。

「緊急職員会議を開いて、対策を考えましょう」

終業時刻間際に、職員が招集された。デートの時間が気になる若い教師は、露骨に怨みがましい眼で、ベテラン教師を見た。

校長も会議に出席した。会議はそれほど長い時間を要しなかった。

注射器は、昨夜の真夜中に投棄されたことがわかった。

不法投棄だ。捨てたのは医療廃棄物を扱う業者だろう。どこの業者かは調べようがない。それは警察の領分だ。

生徒に、決して注射器に触れないように徹底させることが会議で決まった。場合によっては当番制で、先生を監視に立てるという案が出た。その案は保留にされている。

今どきの教師は余分な仕事を増やそうとはしないのだ。

校長は、市役所に連絡して注射器を処分してもらうことにした。

針を指に刺した子供については、しばらくなりゆきを見ようという意見が多かった。

子供の健康については、なるべく家庭で対処してもらうという原則論が、会議でまかり通った。

ベテラン教師は不満だったが、会議の決定に従うしかなかった。

翌日、市役所から、廃品処理の担当者がやってきた。学校側はすぐに処分してほしいと言ったが、市では、そうもいかないと言ってきた。

医療廃棄物を運搬するためには、処理業者が発行する『廃棄物受け入れ承諾書』が必要なのだということだった。

『廃棄物受け入れ承諾書』がないと、医療廃棄物の収集業を開業することができない。

開業する際に『廃棄物受け入れ承諾書』を提出していない業者は、医療廃棄物を収集運搬することができないのだ。

市は、『廃棄物受け入れ承諾書』を開業の際に提出している業者を個別に当たり、注射器を処分してもらえるかどうかを尋ねなければならない。

そして、その際の費用は小学校が負担しなければならないということだった。

校長は、その条件を呑まなければならなかった。

危険な使用済み注射器が小学校のゴミ捨て場に放置してあるなどということを、PTAが許すはずはないのだった。

やがて、適当な廃品回収業者が見つかり、注射器は処分された。

それで、一件落着かと思われた。

しかし、そうではなかった。

二か月後、注射器の針で指を刺した子供が急性肝炎を起こして入院した。

ベテラン教師はショックを受けた。そして、心底怒りを覚えた。

あの子は、どうして肝炎などで苦しまなければならないのか。

彼は、注射器を不法投棄した業者を憎んだ。そして、ことなかれ主義の担任と学校を憎んだ。

担任の若い先生にかみついてやろうかと、真剣に考えた。徹底的に責任を追及してやろうかと思った。

だが、それはあまり意味のないことだと気づいた。発病した子供のためにもならない。

その子供がB型肝炎のキャリアにならないことを祈るばかりだった。

ある調査によると、三歳以下の感染者では約八割が、また四歳から十歳まででは、約三割がキャリア化することがわかっている。

十一歳以上では、ほとんどキャリアにならず、一過性の急性肝炎で終わる。

また、成人の感染者では、三〇パーセントが急性肝炎になるが、二、三か月で治癒する。残りの七〇パーセントは症状も現れずに回復する。

そして、成人の場合は、発病した場合も症状が出なかった場合も抗体ができて感染させるようなことはなくなる。つまり、キャリアにはならないのだ。

B型肝炎というのは、乳幼児にとっておそろしい病気だということができる。針を指に刺して発病した子供は小学校四年生だった。微妙な年齢といえる。

その子供が入院している間に、またしても、注射器の不法投棄が行なわれた。場所は同じ、小学校のゴミ捨て場だった。

ベテラン教師は、怒りに燃えた。子供たちがすぐ接触できる場所に危険な使用済み注射器を平気で捨てていく廃品回収業者――。

彼は、その業者を決して許すまいと思った。

そして、警察がその業者をつきとめた。

その業者は、罰金刑になったが、たいした金額ではなかった。

小学校のゴミ捨て場に注射器を捨てた業者がわかったときから、ベテラン教師は猛然と攻撃を始めた。

生徒がB型肝炎に感染した責任を全面的に認めさせようとしたのだ。

その生徒の両親を説得し、学校の同僚に訴え、業者に詰め寄った。

知り合いの弁護士を立て、本格的に法的な交渉を始めようとすると、新聞社が注目し始めた。

業者は取り合おうとしない。逆に教師に対し脅しをかける始末だった。

そういうことをしていると、命がいくつあっても足りないというのだった。だが、ベテラン教師は耳を貸さなかった。

ただの脅しだと思っていた。自分は正しいことをしているのだという自信もあった。

弁護士を伴って業者の事務所をおとずれた日の夕刻、彼の前にヤクザが現れた。

帰宅途中のベテラン教師は、三人組のヤクザ者に行く手を遮《さえぎ》られた。

ひどく体格のいい角刈りのヤクザがひとりおり、それが兄貴格のようだった。あとのふたりはチンピラだ。

チンピラが言った。

「先生よ。余計なことに首つっ込んでると、後悔してもしきれなくなるぜ」

ベテラン教師は、暴力には屈しないつもりだった。彼の怒りはそれくらいに大きかった。

「脅しには屈しない。今や、私の主張はひとつの運動に成長しつつある。私をいためつけたところで、何も変わりはしない」

「何だと、こらあ。なめた口ききやがって」

チンピラは、ベテラン教師の背広の襟を両手でつかみ、しっかり固定すると、いきなり鳩尾《みぞおち》に膝蹴りを見舞った。

チンピラの膝蹴りは正確だった。息ができなくなり、膝の力が抜けた。

チンピラは、崩れ落ちそうになる教師の体を、引き立てた。襟《えり》を絞るようにつかんでいる。

「偉そうなことを言って、そのざまかよ」

チンピラは、今度は顔面を殴ろうとしていた。

「まあ、待て」

ヤクザ者が言った。チンピラは手を止めた。

手を離す。教師はよろよろとあとずさった。

ヤクザは静かな声で言った。

「今、手を引かないと、後悔してもしきれなくなるというのは本当だ。よく考えることだ」

「何を言っても無駄だ」

ヤクザは意味ありげに笑った。

「あんたのところにはふたりの子供がいる。就職したばかりの長男と、高校生の長女だ」

教師は顔色をなくした。彼は何も言えず、ただヤクザを見つめていた。ヤクザは言った。

「よく考えることだ」

三人のヤクザ者は立ち去った。

教師は不安と恐怖にさいなまれた。それでも負けまいとした。今ではたくさんの味方がいる。弁護士も脅しに屈することはない、と言ってくれた。

教師は業者への追及の手をゆるめなかった。そして、ある日、長男の交通事故の知らせを聞いた。会社の車で営業回りをしていて、ダンプと衝突したということだった。

全治三か月の重傷で、会社における立場も危うくなった。

そして、その数日後、高校生の長女が家をあけた。無断で外泊するような娘ではなかった。

翌日、長女はぼろぼろになって玄関先に放り出されていた。精神的なパニックに陥っていた。

彼女は監禁され、強姦された。さらに、一晩中、何人もの男に犯され続けたのだった。

平穏だった家庭は、一気につき崩された。

教師はヤクザのおそろしさを思い知らされた。しかし、今さらあとには引けない。

文字通り、歯を食いしばる思いで、業者との交渉を続けた。

ある日、ヤクザが再び教師の前に現れた。

チンピラがにやにやして言った。

「あんたが素直じゃないから、子供たちがひどい目に遭うんだ」

忍び笑いを洩らす。「娘さん、いい体してたぜ。処女だった。ビデオ、見せてやろうか？」

教師は怒りに目が眩《くら》んだ。気がついたら、チンピラにつかみかかっていた。

チンピラは、教師をつき放した。

ヤクザが無言で匕首《あいくち》を抜いた。九寸五分の短刀だ。刃がさえざえと光る。

「反省が足りなかったな……」

ヤクザはそう言うと、何のためらいもなく教師の腹を刺した。刺した上で、刃を返す。

教師の内臓がずたずたにされた。もう助からない。

一度匕首を引き抜くと、さらに同じことを冷静にやった。

教師は崩れ落ちた。

チンピラたちは、くすくすと笑い合った。

ひとりが言った。

「俺、こいつの娘とまたやりたくなっちまった……」

「やりたいときにやりゃあいいさ」

もうひとりが言う。「あいつ、親父がいなきゃ、金、稼がにゃならんだろうからな……」

教師を刺したヤクザは、何ごともなかったように、淡々としていた。教師の背広で匕首をぬぐうと鞘《さや》に納めた。
彼は、悠々と歩き去った。ふたりのチンピラがそのあとに続いた。
中心人物を失った廃棄物回収業者への圧力運動は、やがて立ち消えになった。

2

「カーエアコン？」

佐伯涼《さえきりょう》は思わず訊き返していた。彼は、勤務先である『環境犯罪研究所』の所長室で、その部屋の主と向かい合っていた。

内村尚之《うちむらなおゆき》所長はうなずいた。

「そう。わが研究所としては注目しなければなりません」

佐伯は、五歳年下の上司の顔を見つめていた。

内村所長はまったくとらえどころがなかった。

「どういうわけです？」

内村は驚いたように佐伯を見た。

「わが研究所は環境庁の外郭団体ですよ」

「だから……？」

「フロンですよ」

「なるほどフロン……」

「カーエアコンの冷媒に使われているフロン12は、特定フロンです」

「特定フロン……？」

「知らないのですか」

「知りません」

「あなたは『環境犯罪研究所』の職員なのですよ」

「勉強不足は反省します。しかし、俺がこの研究所で与えられた主な任務は、警視庁にいたころとあまり変わらない」

佐伯は、警視庁から出向という形で『環境犯罪研究所』に勤務している。正式な身分はまだ警察官のはずだった。

しかし、彼は、警察手帳も手錠も拳銃も取り上げられていた。今の彼に逮捕権はない。

佐伯は、刑事部捜査四課の捜査員だった。いわゆるマル暴刑事《デカ》だ。

警視庁時代、彼は、暴力団に対する情け容赦のない取り締まりで有名だった。そんな彼を『環境犯罪研究所』に呼び寄せたのは、内村所長だった。

そして、佐伯が言った通り、内村は佐伯に、警視庁時代と同じような働きを期待していようだった。

つまり、ヤクザ狩りだ。

佐伯は暴力団を憎んでいた。警視庁で、暴力団の実態に触れれば触れるほど憎しみは強まった。

だが、佐伯は、内村が暴力団狩りを命じる真意をまだつかみ切れていなかった。

佐伯が抱いているような嫌悪や憎しみが理由とは思えなかった。

「特定フロンというのは……」

内村が説明を始めた。「フロンのうち、塩素原子を含むもののことです。その塩素原子が成層圏のオゾン層を破壊するのです」

「それがカーエアコンの冷媒に使われていると……」

「そればかりではなく、電子機器の洗浄や冷蔵庫の冷媒、ウレタン発泡などに使用されています」

「わが『環境犯罪研究所』としては、オゾン層を破壊する物質は許しがたいというわけですか？」

内村所長が、ぽかんとした顔で佐伯を見た。不思議なものを見るように佐伯の顔を見つめている。

佐伯は、自分の発言が的外れだったことに気づいた。妙な居心地の悪さを感じた。もとマル暴刑事の佐伯を落ち着かない気分にさせる人間は少ない。

内村所長は言った。

「われわれは環境保護団体ではありません。環境破壊に関わりのある犯罪について調査・研究をする機関です」

「調査・研究……？　ずいぶんひかえめな言いかたに聞こえますね。……で、何が問題だというんです？」

「カーエアコンに使われるフロンが急騰しているのです。二年ほど前、ガソリンスタンドなどで、二百五十グラム入りの缶が二百円から三百円で売られていたのですが、最近では平均で二千円を超えているのです。場所によっては五千円まで値が上がっている」

「二年で十倍以上に……？　どういうわけです？」

「フロンは、オゾン層保護のために、国際規約で一九九五年末までに生産を中止することが決まっているのです」

「カーエアコンの恩恵にはあずかれなくなるわけですか？」

「自動車メーカーなどでは、オゾン層を破壊しない代替フロンを冷媒に使用し始めています。フロン134aというのが、その代替フロンです」

「では問題がないような気がしますが……?」

「しかし、実際には、すぐにフロン134aに切り替わるわけではありません。現在、日本国内を走るエアコンつきの車は約四千五百万台。そのほとんどはまだフロン12を使っているのです。乗用車では五年に一回、二百五十グラム入りの缶一ないし二本を、バスなら十本の入れ替えが必要なのです。つまり、まだ、エアコンはフロン12の時代だということです。

にもかかわらず、通産省はフロン12の出荷数を規制しています。一九八六年二万一千四百トンあったフロン12の出荷量は、九一年には一万五千トンにまで削減されているのです。

出荷数が減れば、品不足になり、当然、価格が高騰します」

いつものことだが、さまざまなデータは、頭のなかにあるようだった。

内村の右手にあるサイドデスクには、コンピューターがおかれており、彼はいつもそのディスプレイをのぞき込んでいるような印象がある。

そのコンピューターは内村の秘密兵器のようにも見えるが、実はそうではない。

内村の最大の武器は、彼自身の頭脳なのだ。

コンピューターは、彼の思索を補助するに過ぎないのだ。

「市場経済の範疇《はんちゅう》のような気がします。われわれの出る幕ではないでしょう」

「九二年にユーザーが必要としたフロン12は約一万トンです。これに対し、新規の生産量と、廃車などから再生したフロンを合わせると、一万トンをはるかに超えているのです」

「フロンは充分に出荷されているのだ、と……？」

「そう」

「じゃあ、なぜ値上がりするんです？」

「買い占めです」

「買い占め……？」

「フロンなどの自動車用品の流通経路はきわめて複雑です。メーカーから出荷されたフロンは、卸問屋、ガス店、灯油販売店、部品卸店などをたどって、修理工場やガソリンスタンドに届くわけです。このいずれかの段階で誰かが大量に買い占めをして値段をつり上げているのです。それが何者なのかは、これまでわからずにいました。流通経路があまりに複雑なので、なかなか調査が進まなかったのです」

「だが、それがわかった……？」

「おぼろげながら……。品不足につけ込んでフロンを海外から密輸した貿易商らが逮捕された事件がありましたが、そのフロンを貿易商から買い上げたのが、関東パーツ株式会社という自動車部品販売店の社員でした」

内村は、いつもの再生紙でできたファイルを取り出して佐伯に手渡した。

再生紙が必ずしも環境保護に役立つとは限らないという考えが、最近の環境保護論者の間では一般的になってきている。

確かに原料パルプは節約できるかもしれないが、紙を再生する際には、新たに紙を作るよりずっと大量のエネルギーを使わねばならないし、漂白その他のために有害な薬品も使用するのだ。

内村が再生紙を使うのは、環境庁に対するポーズに過ぎないということだった。

佐伯はホルダーを開き、ファイルをめくった。

新聞記事のコピーとコンピューターのプリントアウトが綴られている。

今、内村が言ったフロンの密輸についての詳しい説明と、関東パーツ株式会社という自動車部品販売会社の簡単なデータがそろえられていた。

さらにページをめくると、使い捨て注射器の不法投棄に関する記事があった。

「注射器の不法投棄？」

佐伯は思わず顔を上げて尋ねた。「これは何です？　フロンとどういう関係があるのです？」

「フロンとは関係はありません。ご存じのように、産業廃棄物は、ちゃんと処理しようとするとかなりのコストと手間がかかります。一部の処理業者は、そうしたコストと手間を省こうと、廃棄物を捨ててしまう。見つかると、罰金刑になりますが、それでも、不法投棄をしているほうがもうけが出るのです。医療廃棄物についても同じことがいえます。罰則は、産業廃棄物よりもきつい。だが、業者は処理の手間とコストを省こうとする……」

「フロンの買い占めと、注射器の不法投棄……。同じファイルに綴じてあるのはどういうわけです？」

「先日、都下にある町で、不法投棄事件が起きました。大量の注射器が小学校のゴミ捨て場に捨てられていたのです」

佐伯は、その事件に関する記事のコピーを見つけた。

彼は新聞で読んだ記憶があった。

注射器の不法投棄により、小学生がひとりB型肝炎にかかった。小学校の教員が、その責任を追及して、廃棄物回収業者に抗議をしていた。

業者は、注射器とB型肝炎感染の関連は証明できていないとつっぱねた。

そのうち、小学校の教員は腹を刺されて死亡する。業者ともみ合いになり、業者側の作業員が誤って刺したということだった。

その作業員は、傷害致死で逮捕されている。

佐伯の記憶に残ったのには理由があった。彼は、その記事の裏に暴力団のにおいを嗅ぎ取ったのだ。

産業廃棄物の回収業者、不法投棄、教員の死——これまで佐伯が手がけた事件の、ひとつの典型とさえいえた。

「この記事は覚えてますよ」

「殺された教員の家族は、固く口を閉ざしているそうです。まるで、ひどくおびえているように……」

「誰に聞いたのです?」

「その記事を書いた記者を見つけましてね……。それで、どう思います?」

佐伯は思っていた通りのことを言った。

「この教員を殺したのは暴力団員のような気がしますね。この廃棄物回収業者が雇ったのかもしれません」

「雇ったのではないのです」

「ほう……」

「その産業廃棄物回収業者は、克東《こくとう》興産という会社です」

「克東興産……？」

　佐伯の眼がわずかに鋭くなった。彼は、自分ではそのことに気づいていない。刑事だったころから、暴力団に関する情報に出会ったりすると、彼はそうした反応を見せてしまう。「そいつは、克東運輸と関係がありそうですね」

「子会社です。産業廃棄物を専門に扱うための部門が克東運輸から独立したのだそうです。そして、さきほどのフロンの密輸に関わった関東パーツという自動車部品の販売会社も、克東運輸の関連会社です。克東運輸というのは運送業ですから、自動車のメンテナンスに少なからず費用を割《さ》かねばなりません。関東パーツは、出入りの業者でしたが、あるときから克東運輸の傘下に入っています」

「克東運輸が坂東《ばんどう》連合系・克東報徳会の企業舎弟であることは、マル暴の刑事なら誰でも知っています」

　内村所長はうなずいた。

「フロンの密輸並びに買い占め、そして、悪質な医療廃棄物の不法投棄――この裏には、克東運輸、つまりは、克東報徳会の暗躍があるように思います。調査してください」

佐伯は、すでに、自分が何をやらされようとしているのか気づいていた。

「調査だけでいいのですか？」

内村はにこりともせず、また、いっさい気負った様子もなく言った。

「可能なら、処理してください」

佐伯はうなずいた。

「曖昧《あいまい》な指示だが、言いたいことはわかります」

「けっこう……」

佐伯は、『環境犯罪研究所』に入ってから、すでに三つの暴力団を解散に追いやっている。

すべて坂東連合傘下の暴力団だ。

坂東連合は、全国二十五都道府県に百五団体、約八千人を擁《よう》している。かつては、百八団体あったのだが、すでに三団体を佐伯につぶされているのだ。

本家は東京の毛利谷《もりたに》一家だ。

内村は、暗に、克東報徳会もつぶしてしまえ、と言っているのだ。

克東報徳会は、坂東連合のなかでも、かなり有力な暴力団だ。佐伯ひとりの力でどうにかなるとは、とうてい思えない。

大暴力団にとって、自分たちに逆らう個人などは、ノミ以下の存在だ。たやすくつぶすことができる。

事実、彼らは証拠も残さず人殺しをやってのける。

警察が殺人事件の犯人を検挙できるのは、たいていの場合、犯人が素人だからだ。一生のうちに何度も殺人を犯すような人間はあまりいない。

一方、警察官というのはプロフェッショナルだ。殺人事件などは、彼らにとっては日常レベルの出来事だ。

プロと素人の戦いなのだから、犯人に勝ち目はない。そして、一般人は警察の捜査の実態を知らない。

だが、暴力団は犯罪のプロフェッショナルだ。彼らは暴力の専門家であり、反社会的な行為のエキスパートだ。

そして、彼らは警察の捜査の内容を知り尽くしている。警察もプロならば、暴力団もプロなのだ。

そして、一般人には驚くべきことだが、警察は暴力団に対しては手を抜く傾向がある。

アメリカの人類学者ウォルター・エイムズは、カリフォルニア州立大学バークレー校出版局から、ヤクザと警察のなれあいを指摘した著書を出している。

「警察の手入れは、ほとんど儀式的な様相を呈している。というのも逮捕されたヤクザは、ほとんどが証拠不十分または軽犯罪で数日後には釈放されるからである」と彼は述べている。

また、エイムズは「日本の警察のほとんどは、ヤクザのきわめて保守的な考えかたに非常に共鳴している」点に注目している。

その理由のひとつとして「（ヤクザ同様に）警官の学歴はほとんどが高卒であり、それほど豊かでない家庭の出身者が大半である」という事実を上げ、「日本の警察官の多くは、ヤクザの見せかけの義理人情という理想を賞賛しそれに共鳴しており、それをまねて、現代のサムライのように振る舞う」とまで言い切っている。

だが、佐伯のような警察官がいるのも事実だ。

今、佐伯は警察官としての権限を持っていない。銃や刃物を所持すればつかまるし、喧嘩をして相手にけがをさせてもつかまる。

しかし、プロ中のプロとして培《つちか》ったノウハウと、代々佐伯の家に伝わった『佐伯流活法』というきわめて実戦的な武術がある。

「仕事の内容については了解しました。だが、以前からどうしても理解できずにいることがあるのですが……」

「何です？」

「どうして所長が、俺にヤクザ狩りをやらせるのか、ということです」

「私は環境犯罪について調査を命じているだけであって、いつも、あなたはいきがかり上……」

「もう、そういう言い訳は通用しませんよ」

内村所長は、佐伯を見直した。

その眼鏡の奥の眼が意外に鋭いのに、佐伯はずっと以前から気づいていた。

「聞いてもつまらないですよ」

「俺には聞く権利があるような気がするのですが」

内村所長は小さく溜め息をついた。

「お話ししましょう」

3

「公務員というのは、国のために働くものだと私は信じています。そして、国というのは権力者のためにあるのではなく、あくまで、国民のためにあるのだ、と思っています」

普通ならば、これはたてまえと受け取られる発言だ。

しかし、佐伯は、これが単なるたてまえでないことを知っていた。たてまえといえばたてまえかもしれない。一種の理想論ではある。

内村という男は、その理想論のために全力を傾けるのだ。佐伯はすでにそのことを知っていた。

内村は、そのキャリアと権限と、そして卓越した明晰な頭脳のすべてを、理想論のために使おうとしている。

その点で、内村はきわめて特殊な人間なのかもしれなかった。

彼は、普通の人間があきらめるようなことにもくらいつく。大人たちが、苦笑を浮かべながら見過ごすようなことに真剣に取り組む。

子供のような感性と、間違いなく大人の理性を持ち合わせた、類稀《たぐいまれ》な人物なのかもしれなかった。

佐伯は黙って話を聞いていた。

内村は、きわめて淡々と説明を続けた。

「さらに言えば、国のために働く、という言いかたをするとき、それは、国をよくするために働く、という意味でなければならないと私は考えているのです」

「世界のなかには、あらゆる体制の、あらゆる政治形態を持った、あらゆる民族の国が存在します。世界地図というのは、制度のモザイクです。宗教が違えば理想も異なる。国をよくするというのは、いったいどういう意味なのですかね？」

「それは、すでに結論が出ています。民主国家がひとつの理想です」

「俺はヤクザの話をしているのですよ」

「私もそのつもりです」

思慮深さでは、とても所長には勝てない――佐伯はそう思い、説明の先をおとなしく聞くことにした。

「戦後、日本は民主国家として生まれ変わりました。アメリカから民主主義という体制を教わり、民主国家としての憲法も与えられました。さまざまな言いかたや考えかたがありますが、私は、これをおおむねアメリカの善意であったと理解しています」

「本気ですか？　アメリカは極東の拠点として日本を属国化したかった。そのために、アメリカと同じ制度を押しつけたのだとは考えないのですか？」

「考えません。結果はどうあれ、また、どういう方法で実行されたかは別として、発想の根本には、日本を民主化しようという善意があったはずです」

「ならば、日本は、その善意にこたえたとは言えないかもしれませんね。現在、アメリカは恩を仇で返されたと感じているようです。主に経済的な理由で……」

「アメリカは、朝鮮、ベトナムで金を使い血を流した。日本はその陰でぬくぬくと経済成長を果たした。日本が経済大国となれたのも、アメリカの核の傘の下にいたからだ——まあ、そういった論旨でしょう。しかし、アメリカの民主主義を日本に持ち込んだ時点で、無理があったのですよ」

「押しつけられたものは、所詮、根づかない……？」

「そう。制度は変わっても、制度を運営する人間の精神は変わらなかった。民主主義というのは制度ではありません。精神なのです」

「その話は以前も聞いた覚えがあります。だが、戦後の民主教育で、徐々に変わり始めたのではないですか？」

「あなた自身は変わったと思いますか？」

「そりゃ、まあ、多少は……」

「私はそうは思えないのです。もし、本当に日本に民主主義が根づいているのだとしたら、腐敗した保守政党が政権を維持し続けるはずはありません」

「それは、他の党に政権を担当する能力がないからじゃありませんか？」

内村は、またしても意外そうな、あるいはあきれたような顔をして、佐伯を見た。

佐伯は急に、自分がつまらないことを言ってしまったような気がした。

内村は言った。

「野党に政権をまかせるのは心もとない。だから不本意な政党に政権をまかせる――これはとても民主主義的発想とはいえない。本来の民主主義の発想からいけば、国民が信頼できる政党を支持し、育てていかなければならないのです」

それは、あくまでも理想論だ、と言いかけて、佐伯は言葉を呑み込んだ。

内村は、理想論に本気で取り組む男なのだ。おそらくは、自分のキャリアや命までも懸けて――。

「それで、最も問題なのは、いったい何だと考えているわけですか？」

「一言でいえば、アメリカと日本の歴史の違いです。アメリカは戦後、日本の大掃除をやろうとした。しかし、長い歴史の陰に潜んでいたものに気づかなかったのです。若い国はそれだけ理想に近づきやすい。しかし、民族の持つ歴史や、それによって培われた体質というものは無視しがたい」

「日本人にとって、アメリカ人に押しつけられた戦後民主主義は絵に描いた餅《もち》のようなものだった、と……」

「戦後民主主義は大きな前進であったことは間違いありません。その点は評価します。しかし、日本人が本当に受け容れられるものであったかどうかは議論の余地があるでしょう。最も問題なのは、西洋で生まれた民主主義の根底には、キリスト教的精神があるということです。そして、アメリカをささえている精神的な礎《いしずえ》は、キリスト教のなかでも純粋なピューリタニズムなのです」

「よくわからないな……」

「人々は神の前では平等だ。そして、神に対する契約を果たすために人は生きている。利益というのは、神が許した利益でなければならない。そして、神に対し、果たすべき責任がある——それがキリスト教的な理想です。彼らが使う正義という言葉も、キリスト教的な正義なのです。だから、アメリカにおける正義は、日本人が考えるほど複雑ではありません。日本人はまず、何が正義か、というところから考える。だが、アメリカ人はそうではない。彼らにとって正義は単純なのです。それは聖書が教えてくれる。そして、民主主義についても同じことがいえるのです」

「極論かもしれないが言いたいことはわかります」

「物事の本質を語るとき、しばしば極論に聞こえるものです」

「では、日本人が信じるものは何なのですか？」

「シンボルです」

「シンボル……」

「日本人は、あらゆることをシンボル化します。茶の点《た》てかた、茶の飲みかた、花の活《い》けかた、踊りかた、そして戦いかた――これらを、ひとりで一から考え出そうとする者は少ない。常に家元というシンボルを想定するのです。政治においてもそれが言えます。日本においては、選挙も一種の儀式として執り行なわれます。国会でのやりとりも、すべて事前に段取りされたもので、つまりは儀式を執り行なっているに過ぎない」

「身も蓋《ふた》もない言いかたですね……」

「それが悪いと言っているのではありません。日本人はそういう体質なのであり、おそらくそれは、弥生時代から続く歴史のなかで培われたものなのです。シンボル化は、複雑な物事を処理するときには、きわめて有効な手段なのです。あらゆる出来事を、シンボルから連想される類推《るいすい》で処理する……。これはきわめて高度な情報処理の技術です。余談ですが、日本の仏教の特色のひとつに仏像が発達したことが上げられますが、これもシンボル化の顕著な例でしょう。いっぽう、キリスト教では一般に偶像を否定します。大切なのは、神と個人の対話なのです」

「シンボル……、儀式……」

「日本人にとって、政治すらシンボル化の対象なのかもしれません。日本人の政治観は、あるシンボル化されたものによってしか動きません。つまり、今でも日本人は名君に支配されることを望んでいるのです。日本人は、政治の運営をするのはあくまでお上だと考えています。そして、お上が腐敗したとき、それを正すのは民衆ではなく、民衆の心をよく理解した名君だという幻想から、いまだに脱却できずにいます」

「そう……」

佐伯は不機嫌そうな顔でうなずいた。「警察官がこういうことを言ってはいかんのですが、確かに警察は日本人のそういう体質を利用しています。日本の治安がいいのは、そうした民族性のせいだという学者もいます。それは、さっき所長が言ったように、いい点とも悪い点ともいえない。そうした民族性なのですから」

「だから、私は考えているのです。日本は戦後民主主義から、さらに一歩踏み出さなければならないところに来ている。国際社会のなかで生きていかなければならない時代なのです」

「どうすればいいと……?」

「日本独自の民主主義の形を考え出さなければならないのですよ」

「それはどういったものです?」

「西洋式民主主義とは、少しばかり形が違うかもしれません。日本民族の、シンボル化する体質を生かした民主主義といえるかもしれませんね……」

「ぴんときませんね……」

「実のところ、私も模索中でしてね……。しかし、本当の民主化のために邪魔になるものがあるのは、はっきりしています」

「ようやく話が核心に触れてきたような気がしますね……」

「そう。日本人のシンボル化が生み出した弊害……。暴力団もそのひとつです」

「そのひとつ……？」

「ええ。私はまったく同じ意味で、長期政権についている保守党にも同じことが言えると思います」

佐伯は心底驚いた。

「政府の役人とは思えない発言だ……」

「言ったでしょう。私は公務員だ、と。公務員というのは政党のために働くのではありません。国のために働くのです。そして、国は国民のためになければならない」

「それで、所長は当面の目標を、広域暴力団の坂東連合に定めた……」

「そうです」

内村はごまかさなかった。彼はあっさりとうなずいて見せた。

佐伯は頭が混乱しかけていた。ふと、それが内村の手なのではないかと考え、これまでの話を、頭のなかで吟味した。

長い沈黙のあと、佐伯は言った。

「それで、俺と白石くんをこの研究所に呼び寄せたのはどういうわけなんです？」

「ふたりが有能だと判断したからです」

「充分な説明とはいえないな……。俺と白石くんの先祖の話を聞けば、誰も偶然とは思わない……」

初めて内村がかすかに笑った。

「シンボルですよ」

『環境犯罪研究所』のもうひとりのメンバーに白石景子《しらいしけいこ》がいる。

佐伯と景子の血筋には浅からぬ因縁があった。

景子の母方の姓は葛城《かつらぎ》といった。

彼女は、葛城稚犬養連網田《かづらきわかいぬかいのむらじあみだ》の子孫だった。そして、佐伯は、佐伯連子麻呂《さえきのむらじこまろ》の子孫だ。

網田と子麻呂は、蘇我入鹿《そがのいるか》を暗殺したことで有名だ。

入鹿暗殺が、六四五年六月十二日。翌十三日には、父、蘇我蝦夷《そがのえみし》が自害し、蘇我本宗家が滅びる。

これが大化改新のきっかけになったのだ。

佐伯連と葛城稚犬養連は、ともに古代の有力軍事氏族だった。そして、双方とも、宮廷の警護に当たっていた。

今でいえば、皇宮警察、あるいはイギリスの近衛連隊のようなものかもしれない。

どちらかというと、イギリス近衛連隊のほうが近いだろう。近衛連隊は英国陸軍のなかでもエリート中のエリートだ。

当時、宮廷警護についていた兵は、エリートでなければならなかった。朝廷は、まだ貴族化しきっておらず、大陸の騎馬民族の勇猛さを残していた。

朝廷は、征服王朝であり、政権の交代は流血によってなされるのが常だった。

この宮廷警護の任についていたのが、隼人《はやと》と蝦夷《えみし》の人々だった。隼人も蝦夷も先住民族だ。

弥生時代以降の日本人とは異なる民族だった。このふたつの異民族を統治していたのが、佐伯連と葛城稚犬養連だった。

佐伯連は蝦夷の民を統治し、葛城稚犬養連は隼人を治めていた。

佐伯連子麻呂は、入鹿暗殺と同じ年に起きた古人大兄《ふるひとのおおえ》謀叛《むほん》事件の際にも出兵し、刺客として活躍している。

入鹿暗殺のときと同様に、中大兄《なかのおおえ》の命令を受け、阿倍渠曾倍《あべのこそべ》とともに兵を率いて出向き、古人大兄とその子を斬殺したのだった。

中大兄は、自分のためにこれだけの働きをした子麻呂を優遇した。

子麻呂は、四十町六段という破格の功田《くでん》を与えられた。

また、皇太子であった中大兄が、病気見舞のために、子麻呂の自宅へやってきたことがあったという。

しかし、中大兄は、これほど厚遇しておきながらも、子麻呂とその一族である佐伯連を官僚として朝廷で重用することはなかった。

佐伯連は、やがて、子麻呂の死後、いつしか歴史の陰へと消え去っていく。

一説には、佐伯連子麻呂が朝廷の要職につけなかったのは、民族的な理由があったのだ、といわれている。

佐伯連の同族、讃岐の佐伯氏からは、後にあの空海が出ている。

空海が出家したのは、熾烈《しれつ》な門閥闘争に耐えられなかったせいだと伝えられているが、いっぽうでは、民族的な悩みをかかえていたせいだともいわれている。

蝦夷の血を引く空海は、生まれた時点で出世の道を閉ざされていたのかもしれない。彼が世に出るためには、出家するしかなかったのだろう。

「俺と白石くんが何のシンボルだというのです？」

「新しい日本の姿のシンボルなのかもしれません。日本人は、長い間、自国は単一民族国家だという幻想を抱いていました。そのシンボルのひとつが皇室だったともいえるでしょう。しかし、現在、アイヌなどの先住民族を含めて、日本は決して単一民族ではないという考えが主流になってきています。国際的に見ても、日本はそれを認め、受け容れなければならないのです」

「日本というのは、きわめて複雑に民族が入り混じっているという話ですね」

「縄文人は古モンゴロイドだといわれています。これがおそらく、アイヌと同族です。日本は、四つの潮が交錯するいわば潮の吹きだまりで、大陸からも太平洋側からものが流れ着くのです。ということは、人間も渡ってくるということです。大陸から新モンゴロイドが渡ってきて、太平洋からマライ、ネグリートが流れ着いて定住しました。これが日本人の基層です。さらに、あらゆる時代にあらゆる民族が波状的に渡来し、その基層に変化を与えつつも包含《ほうがん》されていったのです」

日本語は、言語学上の孤児といわれる。他に同系統の言語が見当たらない。しかし、朝鮮語に似た部分はあるし、ミクロネシアにも似通った言語がある。古代インドのタミール語との共通点もあれば、シュメール語と同族だという学説もあった。

確かに、日本語にはセム・ハム系と共通の単語が多く発見できる。

これは、いかに多種多様の民族が入り混じって日本人と日本語を作り上げたかという証左なのかもしれない。

「異民族のシンボルですか？」

「そうではありません。ヤクザも保守独裁政党も、単一民族という幻想が作り出したシンボルから生まれました。その幻想を打ちやぶる、新しい日本人像のシンボルです」

「なるほど、聞かなければよかった」

「そう。聞いてもつまらないと言ったはずです」

「そうじゃない。つまらない、じゃ済まされないような気になってきたんです。このあたりで失礼しないと、洗脳されてしまいそうだ」

「洗脳？　ナンセンスですよ」

佐伯は所長室を退出した。

自分の席に戻る。向かいの机に白石景子がいる。

彼女はパソコンのキーを叩き続けている。

美人は三日見たら飽きるという言葉があるが、白石景子には当てはまらないと佐伯は常に思っていた。

彼女の美しさは、常に新鮮な驚きを与えてくれるような気がした。オフィスにいるときの景子は、スーツが似合う典型的な秘書タイプだった。

そつなく、当たりは柔らかく、機敏で有能、気配りがきく。

タイトスカートのスーツは彼女のなめらかな体の線を実に美しく強調する。

オフィスを出た彼女は、若々しい魅力を発揮し始める。スウェットのセーターにジーパンという姿でも、彼女は不思議なほど美しい。愛らしくさえある。

いつでも、彼女には、品のよさがある。血のなかにある品格のようなものだ。

「俺たちがシンボル……？」

佐伯はぼんやりとつぶやいた。

景子が目を丸くして佐伯の顔を見た。その眼は濡れて黒々と光り、はっとするぐらい美しかった。

「え……？」

「いや、何でもない。所長にうまく丸め込まれたような気がしてな……」

景子はほほえむと、眼をパソコンのディスプレイに戻した。

愛らしさと神秘さを兼ねそなえた微笑。

どうしてあんな笑いかたができるのだろう——佐伯は思った。

そして、同時に、彼女はどの程度、内村所長のもくろみを理解しているのだろうと考えていた。

4

克東《こくとう》報徳会の事務所は、早稲田にあった。雑居ビルの一階と二階を使っている。

そのビルは、組の持ちもので、三階と四階には、町金融が入っている。

その金融会社は、克東運輸の資金運用事業部から独立したもので、やはり克東報徳会の企業舎弟のひとつだった。

新目白通りと早稲田通りにはさまれた一帯にこのビルはあり、克東ビルという名だったが、近所の人々は密かに極道ビルと呼んでいた。

一階の入口には、堂々と代紋入りの看板がかけてある。

暴力団は、事務所のある地域ではあまり面倒事は起こさない。

だが、絶えず住民に無言の圧力をかけ続ける。

克東ビルの周囲には常にメルセデスが違法駐車をしており、見るからに柄の悪い若者が車の周辺をうろついている。

ヤクザたちは、頻繁《ひんぱん》にビルに出入りし、たまに組長や幹部が出かけるときは、若い衆が車まで送りに出たりする。

また、同じ筋の客がやってきたときも、若い衆は道まで出て迎えるのだ。

毎日そんなことをやられては、とてもそのあたりに住む気にはなれない。近所にはアパートが何軒かあるが、そのアパートに長く住む者はあまりいない。

移り住んできたはいいが、すぐに克東ビルに気づき、住人が出て行ってしまうのだ。

昔は早稲田大学の学生が住んでいたようなアパートも、今では空き部屋が目立つようになり、不動産屋や大家は、そうした部屋を外国人に貸すようになった。日本にやってくるアジア系の外国人は実にたくましく、ヤクザが近所にいてもそれほど気にしない。

克東ビルの一階に若い衆がおり、二階は組長の部屋と、普段は幹部がたむろしている応接室があった。

一階の事務所には神棚があり、その脇に提灯《ちょうちん》が並んでいる。

昔ながらの暴力団の事務所だ。ロッカーのなかには一挺のトカレフ自動拳銃と長ドスと呼ばれる日本刀が一振りしまってある。

これは別に敵の襲撃にそなえているわけではない。

警察が家宅捜索にやってきたときの用意なのだ。

もちろん、本当の戦力となる武器は別のところにごっそりと隠してある。

警察は儀礼的に家宅捜索を行なう。刑事は一挺の拳銃と一振りの日本刀を発見し、それで成果があったことにする。

下っ端の組員を何日か留置し、それで一件落着となる。暴力団は痛くもかゆくもないし、警察も面子《メンツ》が立つ。

そういうことが長い間繰り返されてきた。そして、今でも続いている。

暴力団対策法が成立施行されたが、あの法律を本気でおそれた暴力団員はひとりもいないといわれている。

そして、暴対法に対処できるだけの人員がいないと、現場の警察官ははっきり言ってのける。

暴力団員たちは、暴対法を「ザル法」と鼻で笑っている。

暴対法施行後、解散する暴力団が相次いだが、それは主にバブル経済の崩壊のせいだった。

収入源のなくなった弱小暴力団が、上納金と借金にあえぎ、解散を余儀なくさせられたのだ。

堅気になりたいという組員が増えているという報道もあったが、それは、やはりバブル経済崩壊によりヤクザ稼業のうま味が減ったからだ。景気が回復するにつれ、また暴力団の収入源が増え、組員も増加傾向に転ずるはずだ。

暴力団にとっては金がすべてなのだ。

階段を上がると、二階の出入口に鉄の扉がある。防火扉のように見えるが、通常の防火扉よりはるかに重厚で丈夫にできている。抗争のときの用心だった。

その鉄の扉は銃弾を寄せつけない。さらに、防音の役にも立つ。部屋のなかで何が行なわれていても外からはわからない。

扉を開けると、すぐにまた木のドアがあった。そのドアを入ると、応接室となっていた。

巨木を輪切りにして磨き上げた衝立てがあり、その向こうに、豪華な革張りのソファ・セットがある。

ソファ・セットは、人の背丈ほどもある観葉植物の鉢植えで囲まれていた。右手に、さらに木製のドアがあり、そのドアの向こうが組長室だった。

部屋のコーナーに背を向けてすわる形で組長の机がおかれている。両袖の大きな机でマホガニー製の最高級品だ。

机の上には電話と卓上ライター、クリスタルの灰皿がある。

書類はなく、週刊誌とスポーツ新聞が放り出してある。

組長がすわる位置は窓の外からは見えない。

組長の右手の壁には、見事な墨跡が額に入れて飾ってあった。

克東報徳会の組長、久礼隆二《くれりゅうじ》は、事務所の雰囲気を見てもわかる通り、古典的なタイプの暴力団員だった。

押し出しの強いタイプで、きわめて自己中心的だ。

ゴルフ焼けしており、黒い背広を好んで着るが、必要なときにしかネクタイは締めない。

暴力団員が黒い服を好むのは、凶悪なイメージを強調しようという意図もあるが、実用的な理由もある。

彼らは、思いのほか、冠婚葬祭の用事が多いのだ。

特に、葬儀の知らせは、いつ入るかわからない。

四十七歳の久礼隆二組長は、肩幅が広く、首が太い。がっちりとした体格をしているが、腹がでっぷりとつき出していた。

椅子に身をあずけ、どろりとした眠そうな眼で、幹部の報告を聞いていた。

幹部が仕事の報告を終えないうちに、彼はしかめ面をしてつぶやいた。

「やかましいな……」

「は……？」

幹部が驚いて顔を上げた。そして、すぐ気づいて言った。「ああ、となりの部屋ですか……」

先ほどから、若い女の悲鳴や泣き叫ぶ声が聞こえている。

幹部はにやにやして言う。

「仕事ですから、しょうがないでしょう」

「例の小学校の先生のおきみやげだ。大切に扱えよ」

久礼組長はことさらに神妙な口調で言った。

「女子高生ってのははやりですからね。まあ、いい作品を撮って稼がせてもらいますよ」

「大切なタレントさんというわけだ」

久礼組長は、チンピラたちが少女をさらってくると、さっそく味見をした。

少女はひどく痛がり、絶望に泣き叫んだ。組事務所に助けにくる者はいない。

苦痛にあえぎ、泣き叫ぶ様が久礼の嗜虐性《しぎゃくせい》を刺激した。彼はおおいに興奮し、楽しんだ。その後で、強姦もののビデオを撮影するように命じたのだった。

「ちょっとのぞいてみるか？」

組長は立ち上がった。

「仕事ぶりの視察というわけですね」

幹部はドアを開けた。

ソファの脇にライトのスタンドが立っていた。その他に、手持ちのライトを持った若い衆がいる。

ひとりがハンディカメラで撮影をしている。

少女は学校から帰宅する途中、さらわれてきた。

グレーのブレザーにチェックのスカート。緑色のネクタイを白いブラウスに締めていた。

彼女はその制服を着たままだった。

髪はひどく乱れ、顔は苦痛と屈辱に歪んでいる。先ほどから泣き続けているため、顔は紅潮し、涙や鼻水でぐしょぐしょになっている。

制服は乱れていた。ブラウスの胸がはだけ、乳首がブラジャーからはみ出てのぞいている。

ひとりが両手を押さえつけ、もうひとりが足をかかえている。

スカートがまくれ、下半身がむき出しになっていた。

足をかかえている若い衆が、彼女のあまり男を知らない性器に、自分の性器をさかんに抜き刺ししている。

その応接間のすみに、ひっそりと立っている男がいた。

目の前で繰り広げられている惨劇を、何の表情もない眼で見下ろしている。

角刈りのたくましい男だ。

彼の名は、牛崎進《うしざきすすむ》といい、今、目の前で犯されている娘の父親——つまり、克東興産が注射器を不法投棄したことに抗議した教師を刺し殺した男だった。

三十二歳という若さだったが、いっぱしのヤクザ者だった。

彼は娘には手を触れていない。

しかし、それはモラルの問題ではなく、趣味ではないからだった。

彼は女を犯すより、人を殺すことのほうが好きなのだ。喧嘩も好きだ。根っからの武闘派なのだ。

彼は、この撮影の責任者だった。

若い組員たちが、欲望に目を輝かせてあさましく射精する。若い組員は口々に野卑な言葉をわめき散らしている。

応接間のなかは、汗と精液のにおいが充満していた。

ひとりがひとしきり腰を激しく動かすと果てた。

女子高生は、絶望の悲鳴を上げる。

果てると組員は交替した。

順番を待っていた若い衆はすぐに接合した。性急に腰を動かし始める。

そのころから少女はおとなしくなった。眼がうつろだった。放心状態に見える。

無反応になった。

手を押さえていた若い衆が、少女の頬を張った。

「どうした、おら。泣けよ。叫べ、もっと」

少女は、はっと眼の焦点を合わせると、また激しく泣き始めた。

パニックは波状に襲ってくる。先ほどから、パニックと放心を繰り返していた。

彼女は、克東報徳会の若い衆に強姦されるまで男を知らなかった。

少々奥手な娘だった。

レイプされるまで、平穏な高校生活を送っていた。クラブ活動や友達との放課後の遊び。好きな男の子もいた。

犯された日からすべてが変わった。自分は強姦され、兄は事故で大けがをし、そして父親は刺し殺された。

そして、今、彼女は男たちに凌辱されている。その様子をビデオに撮られているのだ。

何が何だかわからなかった。

あまりの出来事に、彼女の心は状況認識を拒否している。とても現実とは思えないのだ。

彼女の自我は今、崩壊寸前だった。そのままだと、じきに発狂してしまう。

その前に、心理的なシャッターが働いた。彼女は気を失った。

「ちっ。のびちまいやがった」

接合していた若者が言った。

それでも彼は、腰を動かすのをやめなかった。そして、射精した。

牛崎進は、部屋のなかの異臭が不快で思わず顔をしかめた。

若い衆のひとりが牛崎に尋ねた。

「どうします?」

牛崎は少々うんざりしていた。

「もう充分に絵はおさえただろう……」

「おいおい、せっかくのタレントだ。一作という手はねえだろう」

「組長の久礼が言った。「しばらく滞在していただけよ。目が覚めたら、褒美に、冷たいのを打ってやれ」

彼は喉の奥で笑った。

冷たいのを打つというのは、覚醒剤を打つことをいう。俗にいうシャブ漬けにするというやつだ。

薬の力というのはおそろしいもので、さまざまな感覚が亢進《こうしん》する。そして、精神的な苦痛は一時的に和らぐ。

当然、性感も増し、処女でも性の喜びを感じるようになる。

そして、禁断症状の苦しさに驚き、また薬を欲する。そうなると、女はヤクザの言いなりになる。

多くの広域暴力団の上部組織は覚醒剤の売買を組員に禁じており、それを、売りものにしている。

あたかも任侠の徒であるかのようにアピールするためだ。

しかし、組員の間で覚醒剤の使用はなくならないし、末端の組織は売買をやめない。

覚醒剤の売買ほどもうけの大きい仕事はないし、末端の組織は、その稼業で『義理』と呼ばれる上納金を納めるために、何とか稼がねばならないのだ。

不況のため、どんどん収入源がなくなりつつある今日、末端の組織はますます覚醒剤に力を入れざるを得ない。

組長の久礼は牛崎に言った。

「事務所においとくわけにゃいかねえ。誰か若い者《もん》の自宅《ヤサ》にでも閉じ込めておけ」

「わかりました」

応接間のなかに渦巻いていた毒々しい欲情が急に冷めて、妙に白けた感じがした。

性器をむき出しにしていた若い衆たちが、急に気恥ずかしそうに前を隠し始める。

久礼は組長室に戻った。戸口で牛崎に言った。

「ちょっとこい。おまえも報告を聞くんだ」

「はい……」

牛崎は即座に組長室に向かう。

彼は間違いなく幹部候補生だった。組長は牛崎を信頼している。

また牛崎は若い衆のなかでは兄貴格で、下の者にも慕われている。

牛崎は組長室に入るとドアを閉めた。組長の机の正面に背を伸ばして立つ。

上官の前に立った兵士のようだった。

久礼はそういう牛崎の態度も気に入っていた。

組長は、席に着くと、幹部の男に報告の続きを始めるように言った。

幹部は、数字を並べ、克東報徳会の収入源の現状を説明していた。

正直に言って、牛崎は、そういうことには興味はなかった。切った張ったがヤクザの本来の姿だと思っていた。

彼は、暴力を振るうチャンスが多いというだけの理由でヤクザの生活が気に入っていた。

幹部の報告は、フロンの買い占めと密輸を手がけている関東パーツに及び、間にひとつ別の収入源に触れたあと、克東興産の医療廃棄物の不法投棄の話で終わった。

久礼は幹部に言った。

「規模としては小せえが、克東興産は、今後、金を生む可能性がある」

幹部はうなずいた。

「ええ。医療廃棄物だけでなく、産業廃棄物は決して減ることはありませんからね」

組長は牛崎を見た。

「どうだ？　お前は一度、克東興産と関わっている。あの娘のような副産物まで持ってきてくれた。ひとつ、克東興産で、腕を振るってみねえか？」

「は……？」

幹部はうなずいた。

「そりゃあいい。このへんで責任ある仕事をしてみないとな」

牛崎は組長と幹部を交互に見て言った。

「しかし……、自分は、そういった堅気の仕事には向いていませんよ」

久礼組長は笑い出した。

「そんなこたあ、わかってるよ。誰が堅気の仕事をしろと言った」

「じゃあ、どういうことです？」

「いいか？　廃棄物処理なんざ、まっとうにやってちゃちっとももうからねえんだ。そこで頭を使う。もうけを増やす方策を考え、それを会社のやつにやらせるんだ。それにまつわるごたごたを処理するのもお前の役目というわけだ」

つまり、不法な手段で利益を生み、もめ事が起きたら、力ずくで押さえろということだった。

牛崎はうなずいた。

「そういうことでしたら……」

組長は満足そうに言った。

「よし。こいつがうまく運べば、おめえも幹部の仲間入りだ」

5

佐伯は、出勤するとすぐに景子に頼んで、関東パーツと克東興産に関するありとあらゆる資料を集めてもらった。

午前中は、その資料を読むことに費やした。

書類を読むことには慣れている。刑事というのはいつも外を歩き回っているような印象があるが、実は会議や書類仕事が実に多い。

特に、本庁勤務の刑事は常に書類に追いまくられている。

昼食を早々に済ませると、佐伯は古巣の警視庁刑事部捜査四課に電話をした。

かつて組んで仕事をしていた奥野《おくの》巡査長を呼び出してもらう。

刑事はたいてい二人一組で仕事をする。多くの場合、新人と、ベテランや部長刑事が組む。

佐伯は部長刑事だった。奥野はまだくちばしの黄色い駆け出しの刑事だった。

その奥野も、今や一人前になりつつある。奥野は庁内にいた。

電話に出ると、彼は言った。

「チョウさん。元気ですか？」

奥野は今でも、佐伯のことを、いっしょに組んでいたときと同じ呼びかたをする。

佐伯は挨拶もなしに、いきなり言った。

「関東パーツと克東興産という会社について何か知っているか？」

短い沈黙。

その沈黙が何を意味するか、佐伯にはわかっている。

迷っているのだ。佐伯は先輩だが、現在はいっしょに働いているわけではない。

佐伯の身分は、今でも警察官のはずだが、出向するときに、なぜか警察手帳も拳銃も取り上げられた。

事実上の免職と同じなのだ。

その佐伯に、刑事がぺらぺらと庁内の情報を話していいものかどうか躊躇《ちゅうちょ》しているのだ。

佐伯は、奥野が何か言うまで待つことにした。

奥野が言った。

「何ですか、それ？」

「相手が誰だかわかって白ばっくれてんのか?」

「チョウさん。勘弁してくださいよ。僕にも立場ってものが……」

「うちの所長が面白いことを言ってた。公務員というのは、国をよくするために働くものだというんだ。俺は、公務員として、おまえに情報の提供を依頼している」

「たまんないな……。チョウさん、あの所長に似てきたような気がする」

「上司の仕事のやりかたは学ぶものだ」

「そう……。僕もチョウさんのやりかたを学びました。関東パーツってのは、フロンの密輸に関わった会社ですね。克東興産というのは、使い捨て注射器を小学校に不法投棄したとかでもめた会社ですね」

「どちらも克東運輸と関連がある」

「知ってますよ。何が知りたいんです?」

奥野の口調が慎重になった。彼は刑事として興味を覚えたのだ。

「どんなことでも……」

「ということは、チョウさん、何か嗅ぎつけたんですね」

「正確にいうと、俺ではなく、うちの所長が嗅ぎつけた」

奥野はまた黙った。何ごとか思案している。いい兆候だと佐伯は思った。

るのだ。

奥野は、警察官として、佐伯から耳寄りな情報が聞けるのではないかと考えてい
実際には、今のところ、佐伯の側に提供すべき有力な情報などない。だが、奥野にそう思わせておいて損はない。

奥野が言った。

「そちらに行けば、何かいい話が聞けそうですね」

佐伯は、奥野が『環境犯罪研究所』にきたがる理由が、耳寄りな情報以外にもあることを知っていた。

奥野は、以前、白石景子に会い、いわゆる一目惚れをしてしまったようなのだ。

『環境犯罪研究所』にやってくれば、白石景子に会えるのだ。

「ほう……。わざわざ足を運んでくれるのか？」

「チョウさんのためですからね」

「ほう、そうか……」

「午後三時でどうです？」

「こちらはかまわない」

「では、後ほど……」

電話を切ると、向かいの席にいる景子に向かって佐伯は言った。

「午後三時に、奥野がくる。サービスしてやってくれ」

「サービス？」

「いや……、お茶を入れたり、顔を見たらほほえみかけてやるとか……、そういったことだ。セクハラだ、なんて騒ぎ出さんでくれ」

白石景子は、独特の笑顔を見せた。

「お客さまの心証をよくして、所長や佐伯さんのお仕事がやりやすいようにするのも、私の仕事だと思ってるわ」

佐伯は、眼をそらして机上の書類を見ると、曖昧にうなずいた。

（いつも、彼女のほうが一枚上手の気がするな……）

佐伯は心のなかでそうつぶやいていた。

小学校の教師の娘——克東報徳会にさらわれて監禁されている女子高校生は、中《なか》島律子《じまりつこ》という名だった。
彼女は、組員のアパートに連れ込まれ、そこでまた三人の若者におもちゃにされた。

絶望を通り越して、すでに無反応になっていた。死ぬ気すら起きない。

さらに、彼女は、覚醒剤の影響下にあった。

ヤクザたちは、律子の足の指の間に注射を打った。注射の痕《あと》を隠すためだ。

律子は注射を打たれる瞬間まで、恐怖と不安のため泣き叫んだ。しかし、薬が効き始めると、どうでもいいような気がしてきた。

信じ難いような浮遊感だった。体中が熱くなり、汗が噴き出してきた。

ふわふわとした感覚のまま、ヤクザに抱かれた。

初めて感じた。薬のせいだった。

覚醒剤でも打たない限り、女性が強姦で感じることなどない。

彼女は、アパートのなかで、不思議な非現実感の世界を漂っていた。

暴走族や不良グループに誘拐監禁され、一週間後に、発狂して帰ってきた女子高生の噂などを聞いたことがあった。

その類の噂は、高校生の間で、常にささやかれている。世間を騒がせたコンクリート殺人は、氷山の一角に過ぎない。

そうした噂は、実話ばかりではない。作り話が広まることも少なくない。

律子も、そうした噂を、おそろしいと思いながらも、どこかおもしろおかしく聞いていた。

話半分に聞いていたのだ。ましてや、自分がそうした出来事の犠牲者になるとは思ってもいなかった。

彼女はまだ現実をきちんと把握していなかったが、彼女のケースは最悪といえた。不良少女で自分からヤクザに近づいていく連中もいる。輪姦されても、おそらく暴走族が相手なら、凌辱は一晩限りで済む。しかし、律子は完全な犠牲者であり、相手はヤクザだ。凌辱されるだけでは済まず、覚醒剤を打たれて常習者にされ、骨までしゃぶり尽くされる。

そして落ちるところまで落ちるのだ。

律子はたった一日でひどくやつれていた。何かを考えることなどできる状態ではなかった。

朝起きると、アパートの部屋の主である組の若い衆が朝食を作れと言った。

律子は何を言われたかわからなかった。ぼうっとしていると、若い組員は腹を立てて津子の頬を張った。

その痛みにも現実感がない。

だが、体が痛みに反射した。それは素直な痛みではなく、わけのわからない不快感として体の奥底に向かって走った。

急にめまいがして、気分が悪くなった。

体が少しでも傾くと、そのままどんどん傾いていってしまいそうな気がする。傾き続けて、やがてどこかへ落ちていってしまいそうだった。

そして、激しい吐き気がこみ上げてきた。彼女は、立ち上がることもできず、その場で吐いた。

「あっ」

若い組員は声を上げた。「汚ねえな、このやろう！」

律子は肩をふるわせて苦しげにあえいでいる。昨日の夕刻から何も食べていないので、胃液しか出てこない。

彼女の全身から嫌な汗が噴き出してきた。どんなに吐いても楽にならない。

彼女は崩れ落ちた。それでも不快感はおさまらない。

横になってあえぐ。体中に不快感が這い回っている。

その様子を見ていた若い組員が、ふんと鼻で笑って言った。

「楽になりてえか？」

律子は、生まれて初めて味わう苦しみに驚き、こたえるどころではなかった。何が起こったのかわからない。

若い組員は、注射器を取り出し、覚醒剤を水に溶かして吸い込んだ。

「おら、足、出せよ」

組員は乱暴に足を引っ張った。

「いや……」

律子は反射的に抵抗しようとした。しかし、抗《あらが》う力はなかった。

足の指の間に注射された。

覚醒剤の効き目はすみやかで絶大だった。じきに、律子は不快感が嘘のように消えていくのを感じた。

その不思議な効き目に驚き、思わず組員の顔を見た。不快感が消えたばかりでなく、高揚感すら湧いてきた。

「薬が欲しかったら、言うことを聞くんだ。まず、てめえのゲロを始末しろ。もうじき、カメラ持ってスタッフがやってくる。今日もたっぷり仕事してもらうぞ」

律子は薬のせいで絶望感を感じなかった。

組員は言われた通りに、片づけを始めた律子を見て言った。

「タレントにゃしつけが肝腎《かんじん》だからな……」

牛崎進は、その日から克東興産に出勤していた。

克東興産は、回収車や、廃品を一時保管しておくための倉庫、あるいは危険物の貯蔵庫などを所有しているために、資本金は多い。

しかし、社員は少なく、全部で三十人ほどに過ぎなかった。そのほとんどが作業員で、作業員の他は、経理と総務を兼ねた部署に三人の職員がいるだけだった。

社長はやはり、元克東報徳会の組員で、今でもその気質は変わっていない。

だが、彼は作業員たちをかわいがり、また作業員に慕われていた。

社長の名は、河本初雄《かわもとはつお》といった。五十三歳になる。

暴力団員の仲間に対する思いやりというのは、たいていは見せかけだが、彼らが本気で足を洗った場合、それが本物に転化することがある。

河本初雄もそうだった。

彼は堅気の社会で仕事をし、また堅気の社員を使ううちに、殺伐とした気分が抜けてきて、俠客としての一面が残るようになった。

河本にとって、克東興産は、自分の組のようなものだ。社員にとっては頼もしい社長だった。

しかし、完全に足を洗ったわけではない。克東興産は、克東報徳会の企業舎弟なのだ。

もともと、不法なことをやってもうけようと考え独立させた会社だ。まっとうな稼ぎをやっているわけではない。

産業廃棄物を回収し、それを最終の処理業者に運ぶのが回収業者の仕事だが、処理業者へ行く費用を懐に入れ、廃棄物をそのまま捨ててしまうわけだ。

処理業者へ渡るはずの金が、そのままもうけとなる。

使い捨て注射器の場合も、そういうことだったのだ。

河本は、未だにヤクザの体質を持ち続けているので、そういったことが平気だった。

身内にはやさしいが、他人にはおそろしい男なのだ。

河本は、牛崎をたちまち気に入った。

落ち着きのある男だ、と思った。しかし、それは牛崎の生まれ持った性格のせいで、おとなしく見えるだけだった。

牛崎は、物心ついたころから心の中にうず巻く暴力傾向を隠すために、いつしかおとなしい少年に育っていった。

学生時代、彼が喧嘩を始めると、止められる者はいなかった。どんな残虐なことでも平気でやった。

喧嘩相手の目玉をえぐったり、刃物で口のなかをかき回したりといったことを顔色ひとつ変えずにやった。

喧嘩を始めると、心が昂《たかぶ》り、何もかも忘れることができた。感情の堰《せき》を切ったように、喜びが噴き出してくる。

残虐なことをやればやるほど、喜びは増した。

さらに大きな喜びを求めたくて、信じられないようなことをやってのける。

彼は、刃物や武器はあまり使わなかった。素手で相手の骨を折り、肉をむしり、粘膜をかきむしる。その感触に心がぞくぞくするのだ。

彼は、その性癖を自分で抑制していた。だから、彼はひっそりとした無口な少年だった。

しかし、彼の正体はすぐに不良たちの間に知れ渡り、いつも彼はおそれられていた。

セックスの経験はもちろん人並みか、それ以上にあったが、あまり興味を覚えなかった。彼にとって、暴力がセックス以上の喜びであり、その点がきわめて特殊だった。

牛崎は、社長秘書という肩書きをもらい、社長室に机をもらった。

「先日は世話になったな。例の小学校の先生の件だ。ありゃあ、実に手際がよかった。助かったよ」

牛崎は、河本の扱いに不満を感じた。

彼は河本に雇われたわけではない。克東報徳会からやってきた、いわばお目付役なのだ。

だが、彼は逆らえなかった。組に同時期にいたことはないが、兄貴分には違いないのだ。

午後になって、ちょっとしたトラブルが起こった。

中年の作業員が、社長室にやってきた。

「どうした、ヤスさん」

ヤスと呼ばれた作業員は、苦い顔で言った。

「賢一のやつですよ」

「どうした?」

「またなんですよ。汚い仕事はいやだ、なんて言ってゴネてやがるんで」

「ヤスさんよ。そういうことをいちいち俺んとこに持ってくるなよ。現場はヤスさんに任せてあるんだ」

「分かってますよ。でも、やっぱりオヤッさんから言ってもらったほうが……」

「しょうがねえな……」

河本は出口に向かおうとした。

「社長……」

牛崎が声をかけた。「自分が行きましょう」

「お前が……?」

「こういった問題を始末するのも、たぶん自分の役目です。組長《オヤジ》にそう言われていますから……」

「そうか……」

河本の表情が、ふと不安そうに曇った。

回収車やトラックが並んでいる駐車場に数人の作業員が集まっていた。

河本がヤスと牛崎を従えて駐車場へ行くと、その作業員たちは、助けを求めるような眼で河本を見た。

彼らは、牛崎にも気づいたはずだ。角刈りにダークスーツ。陰惨な眼。誰が見ても一目でヤクザ者とわかる。

だが、作業員たちは気にした様子もなかった。ヤスもそうだった。

自分たちの会社がどういう会社かよくわかっているようだ。

河本は、困った表情でひとりの若者に語りかけた。

「賢一……。またみんなを困らせているのか？」

賢一と呼ばれた若者は口をとがらせて言った。

「俺、間違ったこと、言ってねえよ」

「仕事のやり方に、文句言っちゃいけねえな……」

「違法は違法だろう？　確かに俺は札つきの不良だったよ。だけど、会社に入ったときからまっとうになろうって決めたんだよ。社長には感謝してるさ。こんな俺を拾ってくれたんだからな……。だけど、その仕事が違法行為ばっかりじゃ……」

「ばかやろう。どんな仕事だって、多少はうしろ暗いところがあるもんなんだよ」

「もうやだよ、俺。人にうしろ指さされるのは……」

河本が何か言いかけた。その肩に手をおいて制すると、牛崎が一歩進んだ。

賢一は牛崎に言った。

「何だよ、あんた……」

牛崎は、賢一の両肩に手をおいた。なだめるような仕草だった。いきなり、両肩をつかむと引き落とし、前かがみになった賢一の鳩尾に膝蹴りを見舞った。

不意打ちをくらった賢一は、呼吸ができなくなり、目と口を大きく開いて、崩れていった。口からよだれが流れ落ちる。

牛崎は、賢一が地面で苦しみにあえぐ様を冷やかに見下ろしていた。

「仕事がしたくねえって言うんなら、しなくてもいい体にしてやろうか?」

牛崎は、賢一の腹を靴の爪先で蹴った。賢一は体を丸くして苦痛にあえいだ。そうしておいて、牛崎は賢一の右腕を背中のほうへねじり上げた。

賢一は、その痛さに悲鳴を上げた。

「痛えよ、やめてくれ。助けてくれ」

牛崎は腕を限界まで引き上げ、そこからさらに力を籠めた。ごくっと鈍い音がして、肩が脱臼した。

賢一は絶叫した。身をよじり、海老なりになって苦痛にあえぐ。彼はあまりの痛みに失禁していた。

牛崎は、職人が仕事をするような表情と手さばきで、今度は、左の肘を折った。

賢一は、苦痛がひどくて、上半身をぴくりとも動かせなかった。足だけをばたつかせている。

彼の両腕はこわれた人形を連想させた。見ていた作業員は全員青くなった。気分を悪くした者もいる。

「牛崎……。そんな真似《まね》をしなくても……」

河本が鼻白んだような表情で言った。

牛崎はゆっくり立ち上がって河本に言った。

「勘違いしないでもらいたいですね。自分は組の方針を徹底させるためにここにきたんです。自分の言うことは、組長の言うことだと思ってもらいます。そのことは、あんたにも、はっきりと言っておきます」

河本は、目を丸くしたまま、何も言い返せずにいた。

6

奥野は、期待に胸を躍らせて『環境犯罪研究所』のドアをノックした。

彼は、まるで自分が初恋をした中学生のようだと思っていた。まだ自嘲じみた眼で自分を見るだけの余裕はあった。

もちろん、自嘲してみたところで、心が騒ぐのはどうしようもない。彼は若いからまだそう考えてはいないようだが、人間はいくつになっても恋をすれば、初恋のときと同じ気分になってしまうものなのだ。

ドアが開いた。

白石景子がドアの向こうでほほえんだ。

「お待ちしておりました」

愛らしくも、神秘的なほほえみ。実際の白石景子は奥野の期待の上をいった。

奥野は、景子に会うたびにそう感じる気がした。

奥野にとって残念な事実は、たいていの男が景子に会うたびにそう思うことだった。

景子は、ドアを押さえたまま場所を開けて奥野を迎え入れた。『環境犯罪研究所』は、永田町の古いビルのなかにある。

ビルは古いが、洋式の粋な造りだった。全体になつかしい感じがする。ドアも、西洋式で、部屋の内側に向かって開くようになっていた。

景子は奥野の先に立って所長室のドアをノックした。

そのごく短い距離を進む間だけ奥野は、美しい景子のうしろ姿を鑑賞することができた。

「奥野さんがおいでです」

景子がドアを開けて内村所長に告げた。

「こちらへ……」

景子が奥野にうなずきかける。

奥野は所長室へ入った。ドアが閉まるとき、何ともいえない淋しさを感じた。

景子の姿が見られなくなるのがつらいのだ。

(いかんな……。俺は本当に惚れちまったようだ)

眼を正面に移すと、内村所長がコンピューターのディスプレイをのぞき込んでいた。奥野のほうに左の横顔を見せている。

所長の机の右手前方にパイプ椅子がふたつ並べておいてあり、そのひとつに佐伯が腰かけていた。

奥野は佐伯の態度がちょっと妙なのに気づいていた。

佐伯は、内村所長をぼんやりと眺めている。内村は、まるで佐伯などいないかのような態度でコンピューターのディスプレイを見つめている。

ふたりは、会話していたようにはとても見えなかった。

奥野は佐伯に声をかけた。

「チョウさん。話を聞きましょうか？」

佐伯は奥野を見た。うなずくと、昨日、内村から渡されたファイルのコピーを渡した。

「すわってくれ」

佐伯は、となりのパイプ椅子をすすめた。奥野が椅子にすわると、内村がいつの間にか正面に向き直っていた。

「ご足労いただいて、恐縮です」

内村がいった。「お忙しいでしょうから、手短に済ませましょう」

佐伯は奥野を待つあいだ、所長と打ち合わせをしておこうと思った。

所長室をノックすると、いつものように「どうぞ」という声が聞こえた。ドアを開けると、正面に所長の机が見える。

そして、所長は、いつもの通り、横を向いてディスプレイに見入っていた。

佐伯は、いつも疑問に思っていた。

所長は、部屋にいるとき、たいていディスプレイを眺めているのだろうか？　それとも、ノックの音が聞こえたとたん、何かの理由で正面を向いていることができず、ディスプレイを見つめているふりをするのだろうか？

打ち合わせを終えたあと、佐伯は興味を覚え、部屋に残って所長を観察していた。

所長は、佐伯がいることなど気にしない様子で仕事を始めた。ファイルを読んだり、書きものをしたりする。

別にコンピューターばかりを見つめているわけではない。

だが、ちょっとばかり不思議なことが起こった。

思いついたように所長は横を向いてディスプレイを見つめ始めたのだ。

その直後、ドアのノックが聞こえた。景子が、奥野の来訪を告げ、奥野が部屋に入ってきた。

そのとき、入室した者は所長の横顔しか見ない、というういつもの形になった。

まるで、所長は、奥野がやってきたことを、告げられる前に察知したかのようだった。だが、そう見えただけかもしれない。

偶然だったのかもしれないのだ。

結局、観察は何の役にも立たず、佐伯のなかに、ますます不思議なイメージがふくらんでしまっただけだった。

佐伯が、奇妙な表情で内村を眺めていたのには、そんな理由があった。

「そう……。フロンの買い占めについても、医療廃棄物、その他の不法投棄についても、確かに糸を引いているのは、克東報徳会ですね」

内村と佐伯の説明を聞いて、奥野は言った。

「それは、警察でもつかんでいますよ。それで、チョウさんはどうしようというのです？」

「プレッシャーをかける」

「プレッシャー？」

「そう。関東パーツか克東興産に圧力をかけてやるんだ。殺された小学校の教師のようにな。そうして、克東報徳会をいぶり出してやる」

「ばかなことはやめてくださいよ。その中島陽一《なかじまよういち》という先生がどうなったか知っているでしょう」

「克東報徳会が殺《や》った」

「そうです」

「だが、警察はチンピラか何かの自首でケリをつけちまった」

「チンピラじゃなくて、克東興産の従業員ですよ」

「実情は似たようなものだろう」

「その従業員は、克東報徳会の組員じゃありませんでした。だから、それ以上追及の手が伸ばせなかったんです」

「だから、俺がやろうというのだ」

「やめてください。警察が及び腰なのにも理由があるんですよ」

「理由……?」

奥野は口ごもった。その理由を説明しようとはしない。

「言えよ、奥野。俺は、正式にはまだ警察官なんだ」

「でも、警視庁で働いているわけじゃありません」

その言葉を、佐伯は淋しく思った。だが、奥野が言うこともっともだった。

「そうだな。では、その理由というのを勝手に想像させてもらおうか……」

佐伯は言った。

すると、それまでじっとふたりのやりとりを聞いていた内村が言った。

「東京地検でしょう？」

佐伯と奥野は、さっと内村のほうを向いた。

「地検……？」

佐伯がつぶやいた。彼の頭がなめらかに回転し始めた。

奥野は渋い顔で眼をそらした。

「親会社である克東運輸を地検がマークしている。それで、警察としては、へたな手出しをしたくない――そういうことですね？」

内村は奥野に言った。

「大規模な贈収賄事件を東京地検特捜部が追っているというわけです」

奥野が、腹立たしげな口調で言った。

「なるほど……。ならば、なおさら、俺の出番のような気がする」

「チョウさん！　そいつは無茶ですよ」

「上司の命令なんでね。俺は職務に忠実なんだ」

奥野は内村を見た。

「ここは環境庁の外郭団体でしょう？　どうして暴力団を相手にしなければならないのです？」

「環境犯罪というのは、私の造語ですがね……」

内村は言った。「自然保護、環境保護の気運が高まり、高度成長時代に確立した生産システムや消費構造と、いろいろな面で軋轢《あつれき》が生じる世の中になった。その軋轢を商売にしようという連中もいるわけです。環境犯罪の多くはそういう場面で生まれます。そして、そうした軋轢を商売としたがる連中のかなりの割合を暴力団が占めているわけです。わが研究所は、そうした犯罪の実態を把握《はあく》するのが仕事でしてね……。仕事をすすめる上で、暴力団がそれを妨害するようなら、われわれは実力で排除します」

「実態の把握、実力で排除」

佐伯が繰り返した。「どうだ。わかりやすい説明だろう」

「どうかしている……」

奥野は、つき合いきれない、という顔で言った。

「そうかもしれません」

内村は真顔で言った。「だが、どうかしていることが、この国を変えていくためには必要なのかもしれないんです」

「国を変えるだって……」

「そう。保守党の長期単独政権がようやく終わりました。日本はようやく戦後から抜け出したのです。冷戦時代のままのシステムは変えていかなければならない」

「この人と議論しても勝てないよ」

佐伯は言った。「つまり、思いきりやることが必要だ。そういうことだ」

「しかし、相手は暴力団。それも、坂東連合傘下の暴力団です。チョウさんなら、それがどういうことか充分にわかっているはずです」

「わかっている。だから、俺がやる」

「ひとりじゃ無理です」

「ひとりじゃない。所長もいるし、白石くんもいる。そして、お前もいる。それぞれの人間は有効な人脈を持っている」

奥野は言葉を呑み込んだ。「白石くんもいる」という言葉が、彼に対し特に説得力を持ったのかもしれなかった。

奥野は、舌を鳴らして言った。

「僕だって、やりたいようにやればどんなにいいかと思いますよ。中島一家の惨状を見れば、僕だって……」

「何だ、それは?」

「中島陽一——殺された教師の家庭です。本人が殺されただけじゃないようです。中島陽一にふたりの子供がいました。長男の明夫《あきお》と娘の律子。長男は、会社員で、律子は高校生です。このふたりがどうもひどい目に遭ったらしい」

「ほう……」

しゃべり始めると、奥野はだんだん興奮してきたようだった。

「長男の明夫は、交通事故に遭って、三か月の大けがです。示談にしたとかで、警察は介入していません。そして、どうやら、娘は何者かに強姦されたようなのです。強姦は親告罪なので、扱いが微妙で、事実上、警察は介入していません。ですが、この二件も……」

「父親を殺したのと同じ連中がやったのだろう。ヤクザのやり口だ。本人だけでなく家族もいたぶる。だが、ヤクザならおそらく輪姦のはずだ。そして、輪姦は、昭和三十三年の刑法一部改正で、親告罪から外された。暴行罪と同じように裁けるはずだ」

「いずれにしろ、本人や家族が口を閉ざしているのだから、どうしようもないですよ」

「奥野。お前は、火に油を注いだな……。俺は、その中島という教師の家族を地獄につき落としたやつらを許さない」

奥野は、さっと肩をすぼめた。

「僕はもう何も言いませんよ」

「よし。大人になったな」

「僕もチョウさんと同じ道を歩みそうな気がしてきた……」

「そいつは気の毒にな」

「いや、光栄に思っちゃいかんですか?」

景子が席を立ち、奥野を戸口まで送った。

佐伯は席に戻ると、さっそく克東興産に電話した。

女性が出た。事務員のようだった。受付という感じではない。佐伯は知らなかったが、克東興産に受付嬢などいなかった。

それほどの規模の会社ではない。

「社長に話がある」

「失礼ですが……」

「事情があって名乗れない」

「どんなご用ですか？」

「社長にいう」

女子事務員は言葉を切った。ややあって、彼女は言った。

「ご用件を言ってくださらないと、お取りつぎはできません」

「社長を出したほうがいい。でないと、あとで面倒なことになる」

また沈黙の間。音がとぎれた。相手は送話口を手でふさいだようだ。

誰かと相談しているに違いなかった。しばらくして、今度は男の声がした。中年の声だった。

「お電話代わりました。私が話をうけたまわります」

「あんた、社長か？」

「いえ。総務担当の常務をやっております。坂田と申しますが……」

「俺は、社長に用がある」

「ご用件をうけたまわります」

「中島さんの件だ」

「中島……？　それだけでは……」

口調は、普通のサラリーマンのものだった。佐伯は経験上、どんなに丁寧な話し方をしていても、相手がヤクザならすぐにわかった。

「小学校の先生だ。あんたんところの社員が刺し殺した男だよ」

相手は間をおいた。ためらっているらしい。

「あれは不幸な事故でした。警察のほうでも、そういうことで話がついています」

「事故なもんか。刺し殺したんだ」

「これ以上のお話は無駄かと存じます。失礼いたします」

「切らないほうがいい。俺は、あんたんとこの会社のためを思って電話してるんだ。社長につなぐんだ」

またしても、間。今度は長く待たされた。対応に苦慮しているようだ。

佐伯は辛抱強く待った。

やがて、坂田常務は言った。

「そのままお待ちください。社長が、そちらさまと直接お話ししたいと申しております」

「早くしてくれ」

今度はあまり待たされなかった。

「河本です。お話をうかがいましょう」

今度は相手がヤクザ者だ、と思った。丁寧な口調だが、いかにも押し出しが強い感じがする。うなるような発音のしかたをするのだ。凄まれるとちょっとおそろしい声音だ。

佐伯は言った。

「中島さんは殺されたが、このまま、この件を放っておくわけにはいかない。中島さんのあとを、俺が引き継ぐことにした」

「おっしゃっていることがよくわかりませんな」

「忘れっぽいのか？　それとも頭が悪いのか？」

短い沈黙。

「あんた、どこに電話してるのか知ってるのか？」

声が低くなった。うなるような調子が強くなる。彼は凄み始めたのだ。

「知っている。克東興産だ」

「その克東興産がどんな会社か知らんようだな？　なめてると痛い目に遭うぞ」

「ほう……。おっかないな……。中島さんみたいに殺されるか？　それとも、家族がひどい目に遭うのかな」

「極道を相手にそういうことを言ってると、本当に死ぬぜ」

「極道だって？　俺は克東興産という堅気の会社の社長と話をしているつもりだったんだがな……」

「今ならなかったことにしてやる。電話を切って、二度とかけてくるな」

「別になかったことにしてほしいとは思っていない」

「殺されてえらしいな。電話だからって安心してやがるのか。知らねえなら教えてやろう。極道はな、てめえにふざけたまねをしたようなやつは、どんなことをしてでも見つけ出すぜ」

　これはあるていど本当のことだ。ヤクザの情報収集能力は、ある部分では警察の捜査能力にも匹敵するかもしれない。

「あんた、害悪の告知ってのを知ってるか？　あんたが今やっていることが、それに充当する。暴対法はダテじゃない」

「てめえ、素人じゃねえのか……」

「さあな……。よく考えることだ。話し合う余地はあるかもしれない。また電話する」

佐伯はいっぽう的に電話を切った。

第一ラウンドのゴングは鳴らした。

ふと景子と眼が合った。

「今の品のないやりとりのことは忘れてくれ」

「仕事のやりかたについては口出ししないわ。問題は結果よ」

「その通りだ」

佐伯は立ち上がった。

「お出かけ？」

「中島の家族のところへ行く。必ず何か反応があるはずだ」

中島家の住所は奥野から聞いていた。

佐伯は大急ぎで駆けつけなければならない、と思った。

7

中島陽一の家は、古い一戸建てだった。新しく彼が買ったものではなく、何代かそこに住み続けているような風情がある。

家そのものよりも、家の周辺におかれている物の状態でそれがわかる。古い鉢が重ねて軒の下においてあったり、庭に何種類もの木が植わっていたり、バケツやら古い屋根瓦やらが縁側の脇で雨ざらしになっていたり……。

どこかなつかしく、ほっとするような光景だ。そこには人の生活のにおいがある。中島陽一の家には、そんなにおいがあった。

佐伯は、そうした家庭の平凡な団欒《だんらん》といったものをあまり知らなかった。平凡な団欒などというものは、もともとこの世にはあまりなく、誰もが家族には不満を感じているものだ――佐伯は、淋しさを覚えると、そう自分を説得してきた。

そして、その説得は、おおむねうまくいっていた。

佐伯涼の先祖、佐伯連子麻呂は暗殺者として有名だった。佐伯の血筋は暗殺者の血筋といえるのかもしれない。

佐伯涼の祖父は、旧陸軍の特務機関に所属し、暗殺を主な任務としていた。佐伯の家に代々『佐伯流活法』と呼ばれるきわめて実戦的な武術が伝わっている。旧陸軍特務機関の仕事では、その『佐伯流活法』がおおいに役に立った。

佐伯涼の父は、『佐伯流活法』の奥伝として伝わっている整体術を生業とした。治療院を開いていたのだ。

だが、それ以前に、金で殺人を請け負っていた一時期がある。戦後の混乱期のことだ。

当時は誰もが生きるために必死だった。

整体治療院で稼いで、つつましく暮らしていた涼の父親に、暴力団が近づいてきた。

かつて暗殺者だったことを嗅ぎつけ、それを脅迫材料にして利用しようと考えたのだ。父親はそれくらいに腕が立った。

運悪く、その時期に佐伯涼の母親が重い病気にかかった。血液の癌と一般にいわれる病気で、当時はまだ骨髄移植といった治療法も確立しておらず、死病だった。

涼の父親は、妻の入院加療のため金が必要だった。

彼は暴力団の用心棒となった。

そして、いいように利用されたあげく、抗争の折に刺されて死んだのだった。やがて、母親は収入の道がなくなり、母親は病院を出なければならなくなった。母親は死んだ。

涼は親類にあずけられ、そこで育った。しかし、その親類も、暴力団に殺された。

涼は、刑事時代、ヤクザ狩りとしかいえないような厳しい取り締まりを行なった。当然ながら、暴力団の怨みを買った。

現職の刑事時代は佐伯に手を出せなかった暴力団だったが、佐伯が『環境犯罪研究所』に出向になったとたん嚙みついてきた。

涼の育ての親は、老夫婦となり、その息子夫婦や孫と暮らしていた。

暴力団は、その老夫婦の家に爆弾をしかけた車をつっ込ませた。

老夫婦と息子夫婦、そして幼い子供は、ばらばらのミンチにされた。彼らの遺体は、遺体と呼べるものですらなく、全部でバケツ二杯分の肉片が集められただけだった。

佐伯は、そういう理由もあり、暴力団を憎み続けていた。

マル暴刑事の経験から、それは単なる憎しみではなく、暴力団と戦うことが自分の義務であると感じるようにさえなっていた。

暴力団は必要悪だという言いかたがある。芸能界やプロ・スポーツなど、興行の世界は暴力団なしでは成り立たないとさえいわれている。

特に映画の世界と暴力団の結びつきは強い。映画の興行もそうだが、街中のロケなどでは、暴力団が仕切るのが当たりまえとなっている。

大映画会社が、暴力団讃美の作品を作り続けるのにはそうした理由がある。

そして、風俗営業の大半に暴力団がからんでいる。

風俗産業は、どんな時代にもなくなったことがない。善悪といった問題を超えて、存在し続けるものなのだ。

そうしたものを暴力団が牛耳ってきたのは事実だ。しかし、そうでなければならない理由はひとつもない。

佐伯はそう考えていた。

ヤクザ者がいない社会というのは、おそらくひどくおそろしい、あるいは居心地の悪い社会だろう。

恐怖政治を連想させる。

その点は佐伯も認めている。

しかし、ヤクザ者が存在しているということと、暴力団が大きな顔をしていることは別問題だ、と佐伯は本気で考えていた。

事実は単純だ。暴力団は一般市民を食い物にしている犯罪集団だ。

大きな車を傍若無人に乗り回し、徒党を組んで歩き、一般市民に恐怖を与えることに喜びを見出す――そういった連中は叩きつぶさねばならないと、佐伯は刑事のときに固く決心をしたのだった。


亡き中島陽一の家の玄関には鍵がかかっていた。

インターホンが引き戸の脇についている。

古い木造家屋に、その新しいデザインのインターホンはそぐわない気がしたが、それが人間の生活というものであることを、佐伯は心得ていた。

インターホンのボタンを押した。返事はない。

時計を見た。五時半だった。どこかへ出かけたとしても、誰か帰っていてもいい時間だと思った。

長男は入院している。母親は、その世話に病院へ行っているのかもしれない。娘はクラブ活動か何かで遅くなっているのか――佐伯はそう考えた。

玄関の右手奥に縁側が見える。カーテンが閉まっていた。

もういちどインターホンのボタンを押した。

そして、何気なく縁側のほうを見ていた。

カーテンがさっと動いた。佐伯はそれを見逃さなかった。

間違いなく誰かいるのだ。

克東興産、あるいは克東報徳会が、先にやってきたのかもしれない。

佐伯はそう思って舌打ちをした。もしそうなら、ぐずぐずしてはいられない。

佐伯は、再度インターホンのチャイムを鳴らし、玄関の引き戸を叩いた。

「中島さん。いらっしゃいますか？　中島さん」

大声で呼びかける。

いざとなれば、引き戸を蹴りこわしてでもなかに入るつもりだった。

戸の向こうから声がした。か細い声だ。

「どなたですか？」

佐伯は、叩くのをやめた。中年女性の声だった。

死んだ中島陽一の妻に違いなかった。春江《はるえ》という名であることを、奥野から聞いていた。

「中島春江さんですね？」

佐伯は言った。氏名を確認するのは、刑事のころからの習慣だ。習慣というのはなかなか抜けない。

こたえはなかった。相手は警戒しているのだ。

「『環境犯罪研究所』の者です。ちょっとお話をうかがいたいのですが……」

「『環境犯罪研究所』……？　何です、それ……？」

「環境庁の下請けみたいなものです」

「環境庁……？」

「とにかく、ここを開けてください」

相手は何も言わない。玄関の戸を開けようともしない。

佐伯はこういうとき、何を言うべきか心得ていた。

「だいじょうぶ。私はあなたの味方です。あなたは今、誰かに頼りたいと思っている。だが誰も信用できない。違いますか？」

中島春江はこたえない。

佐伯は、待つことにした。彼女は考えているのだ。考える時間は与えたほうがいい。

錠を解く音がした。

引き戸が細く開く。その間から、傷つき、おびえ切った表情の顔がのぞいた。眼がひどく充血している。

眠れない日を送っているせいかもしれないし、泣いていたのかもしれない。その両方かもしれなかった。

髪は乱れており、目の周りにしわが深く刻まれていた。

ひどく疲れており、やつれているように見えた。どう見ても普通の状態ではない。一般市民が暴力団と関わるとこうなるのだ。佐伯は、暴力団に生活をめちゃくちゃにされて、廃人同様になった人間を何人も見ている。

「『環境犯罪研究所』の佐伯といいます」

「味方ってどういうことです」

「言った通りの意味です」

中島春江の眼から猜疑《さいぎ》の色は消えない。傷ついた小動物といっしょだ。

「環境庁の人が、なぜ……」

「私は環境庁に勤めているわけではありません。環境保護のためにならないような犯罪行為の調査をするのが仕事です。そして、時には、そうした犯罪行為を実力で排除します。秘密裡に……。私は、本当の身分は警察官で、現在は研究所に警視庁から出向しているのです」

「警察……」

中島春江の眼に怒りの色が浮かんだ。おびえにその怒りが混じり、切なげな表情になった。「警察なんて、何もしてくれないじゃないですか」

「その点については話し合う余地があると思います」

「主人は殺され、娘は犯され、息子は大けがが……。もう、わが家はめちゃくちゃです。今さら、何を話し合うというのです？　帰ってください」

「いや。帰るわけにはいかない。今、私が帰ると、あなたがたはもっとひどい目に遭うことになる」

「これ以上どうなろうと同じことです。話すことなどありません」

「そうじゃない。あなたは知らないだろうが、もっとひどいことはいくらでもある。そして、暴力団はそれをよく心得ている」

「いいから、放っておいてください」

「しっかりするんだ。子供たちのためにも……」

「あんたなんかに何がわかるものですか」

「私の父親と、育ての親もヤクザに殺されている。育ての親は爆弾で吹っ飛ばされて、遺体も残らなかった」

中島春江は、口をあんぐり開けた。

佐伯は続けて言った。

「警察は何か事件が起こり、犯人が告訴されるか行政処分が必要な場合にだけ手が出せる。民事事件には介入できないし、被害者が泣き寝入りするような場合はどうしようもないんだ。だが、私は違う。やると言ったら、本当にやる」

「もう遅い。何もかも……」

「そうじゃない。これから手に入れられるものもあれば、今、守らなくてはならないものがまだある。失ったものが大きくて、それが見えなくなっているだけだ。私はここで立ち話をするより、なかに入れてくれたほうがありがたいのだが……」

中島春江は、もう一度、佐伯を観察するように眺め回した。

彼女は今、誰も信用できない状態にある。佐伯は、強引な態度は取らなかった。

やがて、中島春江は引き戸を広く開け、うしろへさがって場所をあけた。

「上がってください」

佐伯は居間へ通された。居間は応接間も兼ねている。居間と応接間を別に持てる家庭は少ない。

日本の住宅事情を考えると、それが一般的なのだ。

部屋のなかは、何となく雑然とした感じがした。ひどく散らかっているというわけではないが、すっきりと片づいているわけでもない。

ソファにかぶせてあるカバーが、しわだらけになっているし、テーブルにはコップがいくつか出しっぱなしになっている。

クッションは、ばらばらにおかれてあり、ティー・テーブルの上には雑誌が斜めにおかれている。

部屋のなかに同じものがあっても整理されているだけで印象がずいぶん変わってくる。例えば、クッションをちゃんと並べ、雑誌をまっすぐにおき直すだけで、片づいて見えるものなのだ。

部屋のなかは、家族——特に主婦である春江の心理状態を反映しているのだった。

「今、お茶をいれます」

「そういうことはいい。話を聞かせてもらいたい。ご主人は、間違いなくヤクザに殺されたのですね？」

佐伯は故意に単刀直入な言いかたをしている。現実をちゃんと把握してほしいのだ。過小にも過大にも考えてもらいたくない。

「そうだと思います。主人が刺される前に、息子は事故を起こして入院しました。息子の乗った車がダンプにぶつかったのです。ダンプにはヤクザが乗っていたと息子は言っています。そして、娘は、ある朝、ボロボロにされて家の前に放り出されていました。前の日にヤクザに誘拐されて、一晩中犯されていたというのです」

「それはご主人に対する警告だった……。そのことを警察には？」

「言えません。ヤクザがおそろしくて……」

これがヤクザ者の威力だ。

ヤクザは平気で人を傷つけ、殺す。相手が子供であろうと女であろうと老人であろうとまったく気にしない。

警察に通報するとただではおかないという脅しは、ただの脅しでないように感じられるのだ。

警察は警察で、訴え出たからには、いざとなれば公判で発言するくらいの覚悟をしてほしいと被害者に期待する。

また、警察官はひどく忙しいし、人手も足りないので、ヤクザに脅かされたくらいのことで駆け込まれても、つき合っていられないのが事実だ。

誰かが殺されるか傷つけられるかして、初めて動き出すのが警察だ。

「それでは警察はあなたがたを助けることはできない」

「娘が……」

春江がおろおろするような調子で言った。今まで耐えていたのが、限界にきたといった感じだった。

「娘さん……？　確か、律子さんでしたね？　どうしたのです？」

「きのうから帰ってないんです」

「友達のところに泊まっているとか……？　年頃ならボーイフレンドとはめを外すことだってある」

春江はかぶりを振った。

「それなら、どんなにいいかと思います。多少ふしだらなことをしていても、ヤクザどもになぶり者にされているよりはどんなにいいかと……」

佐伯も、他の可能性は薄いと考えていた。彼は奥歯をきゅっと嚙みしめた。

牛崎は、河本社長から電話の説明を聞いて、かすかに笑った。

それは、河本社長が見てもぞっとするくらいに冷ややかな笑いかただった。

「ふざけた野郎ですね。極道のおそろしさを知らないようだ」

「暴対法だ何だと、マスコミが騒ぐから、堅気のやつら、いい気になるんだ。こちとら、暴対法なんぞは屁とも思ってねえことを知らねえんだ」

河本が心底憎々しげに言った。

いつもは堅気として暮らしているが、つい本性が顔を出してしまう。

いくら堅気になったといっても、自分がかつて暴力団員だったことを売りものにしたり、暴力団との関係を持ち続けている人間は、依然としてヤクザだ。足を洗ったとはいえない。

牛崎は冷笑を浮かべたまま、言った。

「知らないのなら教えてやりましょう。私が行きます」

「どうするんだ？　相手は誰だかわからねえんだ」

「簡単なことです。まず、身近な手がかりから攻めていく。その電話の男は、中島陽一の代わりになる、と言ったのでしょう？　ならば、中島陽一に関係あるやつかもしれない。あいつの家族に訊いてみますよ」

「やつの家へ行くのか……？」

河本が、ふと慎重な態度になった。「まずいことにはなるまいな……。警察の眼が光ってたりすると面倒だ……」

「だいじょうぶですよ。素人が警察に知らせるのは、こちらのやりかたが中途半端なときだけです。徹底的にやれば、素人は警察に訴える勇気すらなくなっちまう。それがヤクザのやりかたってもんです」

「違いねえ……。よし、この件は、お前さんにまかせることにしよう」

「それに、こちらはいい駒を押さえてるんです」

「何だ……？」

「中島陽一の娘をかっさらってきて、今、ビデオを撮ってるんですよ」

「ほう、そいつはいいな……」

河本は言った。「娘はいくつだ？」

「高校生ですよ」

「そのビデオは、ぜひ見たいものだ」

牛崎は立ち上がった。

「これから、中島の家へ行ってきます」

河本はうなずいた。

8

インターホンのチャイムが鳴り、中島春江はたちまち緊張した表情になった。

チャイムが鳴るたびにこうなるのだろうと佐伯は思った。

「誰かきたわ……」

ひとりごとのようにつぶやくと、中島春江は縁側のほうへ行った。縁側から玄関の様子をそっと見る。

たちまち彼女の顔色はさらに悪くなった。今にも倒れてしまいそうに見えた。これだけ追いつめられた人間の姿というのは、一般の人はあまり見ることはない。

しかし、刑事は別だ。

佐伯はすぐに春江の反応に気づいて立ち上がった。

春江を横にどかせて、カーテンの隙間から玄関先の様子をうかがう。

そこに立っているのは、明らかにヤクザ者だった。

もう一度チャイムが鳴った。

「珍しいな……」

佐伯がつぶやいた。

春江はその言葉を聞き、物問いたげな眼で佐伯を見た。

佐伯は言った。

「やつはひとりだ。ヤクザというのは、脅しをかけるために、誰かを訪問するときは、たいてい何人かでやってくる……」

春江にとっては、そんなことはどうでもよかった。その理由を考えている余裕など、彼女にはない。

佐伯は、ヤクザがひとりでやってきた理由をあれこれ考えていた。

第一には、やはり娘のことがあるのだろうと思った。

彼らは、娘を押さえているのだ。

第二に、彼は油断をしている。これまで、中島の家族に対してはやりたい放題だった。これからも同じことが続けられると踏んでいるのだ。

チャイムがさらに鳴った。

「どうすればいいんです？」

春江が不安におののいて、佐伯に尋ねた。

「あいつと話をするんだ。私は、となりの部屋に隠れている」

「どうしてもそうしなければならないのですか……」

佐伯にはそう言う春江の気持ちがよくわかった。誰だってヤクザと一対一で話すのは嫌だ。

佐伯ですらそうだった。ヤクザというのはまともな話の通じる相手ではない。

「娘さんのためにも、どうしてもそうしてもらわなければならない」

春江のなかで母親の自覚が頭をもたげたようだった。わずかだが気丈そうな表情がその眼に現れた。

彼女は、唾《つば》を呑み下すと、無言で玄関に向かった。

佐伯は襖《ふすま》を開け、となりの部屋へ行った。襖を閉めて、ひっそりと居間の様子をうかがっていた。

春江は玄関を開けた。

彼女は牛崎が、自分の夫を刺し殺した本人だとは知らない。だが、充分に彼をおそれていた。

自分の家にヤクザが訪ねてくる恐怖というのはたいへんなものだ。

「お邪魔しますよ、奥さん」

牛崎は言った。彼は勝手に上がり込んだ。しかも靴のままだ。家のなかを見回し、言った。

「ご主人が最近亡くなられたんですよね。線香でも上げさせてもらいますか……」

「けっこうです」

春江は言った。「何のご用ですか？」

牛崎は、冷たい笑い顔を見せて、どっかとソファにすわった。

「うかがいたいことがありましてね……」

「何です……？」

たっぷりと間を取る。相手に充分不気味な思いをさせるためだ。

こうしたヤクザの話しかたは、たいていの場合、たいへん効果的だ。春江はひどく嫌な気分になった。

「先ほど、克東興産にふざけた電話がかかってきましてね……。亡くなられたご主人に代わって、注射器の不法投棄の責任を追及するのだとつまらんことを言ってきたんです。私ら、こういうのを放っておくわけにはいかないんですよ。その男に心当たりはありませんか？」

春江はかぶりを振った。

「ありません。心当たりなんて……」

「そうですか……？　その男は、はっきり言ったそうなんですがね……。ご主人の代わりだ、と……」

「知りません」

牛崎は小さく何度もうなずいた。

突然、彼は両手でティー・テーブルを叩いた。すごい音がして、春江は飛び上がった。

「関係ねえはずがないだろう。そいつは、あんたのご主人の代わりだと言ったんだ。何か知ってるはずだ」

「本当に知らないんです。何のことだか私にはさっぱりわからないんです」

春江の声はおろおろとしていた。

「そうかい……。言いたくねえってえのなら、それでもいい。あんた、ご主人と会いたいだろう。会わせてやってもいいんだぜ。あの世でな……」

単純な脅し文句だが、絶大な効果がある。春江は息を呑んだ。

彼女は何も言えずにいる。言葉が出てこないのだ。頭が恐怖で麻痺した状態になっている。

牛崎は、この効果に気をよくしたようだった。彼はさらに言った。

「それとも、娘のほうが父親に会いたがっているかな……？」

春江は、はっとして訊いた。

「律子は……、律子はどこにいるのです？」

「心配ねえよ。うちの若い者が大切に扱っている。気持ちいいことをいっぱい教えてもらってるはずだ。じきに自分から腰を振るようになるさ」

「娘に何をしてるんです……」

茫然とした表情のまま、春江は尋ねた。彼女は、ヤクザが若い娘にどんなことをするか正確にはわからない。

だが想像はできる。春江は、震え出していた。

恐怖のせいばかりではなかった。怒りと嫌悪も感じていた。

「娘さんは、ビデオ作品に出演していただいている。いい作品ができそうだ。そうだな……。ビデオができたら、学校の友達や先生なんかに配ってさしあげないとな……。それと、ご近所にも……。礼儀だ」

春江が突然泣き崩れた。パニックを起こしたのだ。

牛崎はゆっくりと立ち上がり、春江に近づいた。彼女の髪をつかんで、ぐいと引っぱり、顔を上げさせた。

「だから、素直に知ってることを話してくれればいいんだ。電話をかけてきた男はどこにいる？　いったい何者なんだ？」

佐伯は、もう春江は限界だと思った。

そして、彼は、娘の律子が、このヤクザたち、つまりは克東報徳会に拉致《らち》されたことを確認した。

今からは、闘いの第二ラウンドだ、と佐伯は思った。

佐伯は襖を開け放った。

牛崎は、眼だけを佐伯のほうに向けた。

さすがに度胸はすわっている、と佐伯は思った。

暴力団は、見せかけの武術をやっているわけではない。本気で戦うことを、日頃考えているきわめて物騒な連中なのだ。

牛崎は春江の髪をつかんだまま、佐伯を睨みつけていた。

佐伯は言った。

「お前が知りたがっている男はここにいる」

牛崎は春江の頭を床に叩きつけるように放り出した。

だが、実際に春江が頭を床にぶつけたわけではなかった。彼女は床に崩れ落ちるだけで済んだ。

春江は泣きながら、ずるずると床を這いずって、牛崎から離れた。

牛崎は、ゆっくりと、体を起こして佐伯と向かい合った。

「やっぱりな……。ここへくればだいたいのことはわかると思った」

牛崎が言った。

「思い上がりだ。自分の頭を過信してはいけない。俺がお前を待っていたんだ」

佐伯と牛崎の間に、緊張感がみなぎった。ふたりの間は、強く帯電したような感じがした。実際に触れ合っているように張りつめた雰囲気だった。

「俺たちは、お前のようなやつに思い知らせてやらなければならないんだ」

牛崎は、ごく軽い調子で言った。

素人が極道にかなうはずがないという自信があった。それは、たいていの場合、事実だった。

格闘技をどんなに練習しても素人は素人だ。喧嘩に対する姿勢が違う。

ヤクザは、相手の生き死になどおかまいなしに喧嘩をする。暴力のプロだという自覚がある。

場数も違う。それは腹がすわるかすわらないかという問題となる。

腹がすわっていなければ、どんな技術を持っていても、実戦の役には立たない。

武道家、格闘技家は、それを肝に銘じておくべきだ。

だが、佐伯も充分に場数は踏んでいる。

彼は言った。

「さあ。やれるかな?」

牛崎は表情をわずかに引き締めた。

佐伯が素人ではないと、肌で感じたのだ。佐伯の落ち着きは見せかけではなかった。

それは、佐伯が虚勢を張らないことで充分にわかった。

佐伯は決して油断していない。彼は相手をおそれている。

それはしかたのないことだった。ヤクザと対峙しておそろしくないはずはない。

それは佐伯が刑事をやっていたときも同様だった。

だが、佐伯は、ヤクザがどれくらいおそろしいのかをよく知っており、自分のおそれをコントロールできるのだった。

その点が素人との違いだった。

ヤクザは相手になめられるのをもっとも嫌う。面子を重んじるのだ。

特に、素人がなめた口をきくのを許してはおけないのだ。

だが、牛崎も、警戒し始めていた。

佐伯が素人でないらしいことはわかる。しかし、筋者《スジモン》には見えない。

いったい何者だろう……。

そう考えたとき、彼は佐伯の顔に見覚えがあるような気がしてきた。

確かに見覚えはあった。そして、彼は思い出した。

「俺はてめえを知ってるぜ……」

「そうか？　俺はお前など知らない」

「佐伯だ……。てめえ、佐伯だろう」

「そういう名前だったかもしれない」

「警察《ヒネ》をクビになったやつが、こんなところで何をしてる？　ユスリ屋にでもなったか？」

「お前たちヤクザといっしょにしてもらってはこまるな……」

佐伯の名は、暴力団員の間ではけっこう知れ渡っていた。

特に、これまで三つの組をつぶされている坂東連合では、彼を要注意人物としてマークしていた。

「でかい口を叩くなよ。警察をおん出されたてめえなんざ、素人といっしょだ」

「それはお前たちの間違いだ。おれの身分はまだ警察官だ。今の勤め先には、出向しているだけだ」

「俺はそうは思わねえ。てめえは、クビになったんだ」

牛崎は、懐に右手を差し込んだ。

九寸五分の匕首《あいくち》を抜き出した。鞘をはらうと、刀身がさえざえと不気味に光った。背筋が寒くなるような色だった。

彼は、本当は刃物は趣味ではなかった。素手で相手をいたぶるのが好きなのだ。

佐伯を警戒しているのだ。そして、喧嘩では決して後手に回らないのがヤクザだ。

「死ぬほどの後悔をさせてやるぜ」

牛崎はそう言って、匕首を順手に持って構えた。

牛崎から襖までは約二メートル。佐伯はさらに、その襖の後方一メートルにいる。

ふたりの距離は約三メートルだ。

それほど広くない部屋にソファ・セットがおかれているため、戦うためのスペースなどない。

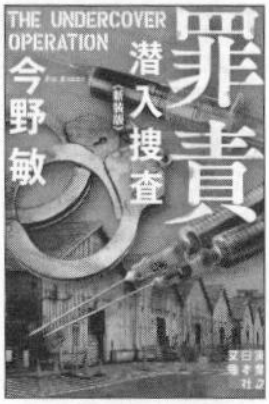

今野 敏
罪責 潜入捜査〈新装版〉

定価792円（税込）978-4-408-55680-2

廃棄物回収業者の責任を追及する教師と、その家族にヤクザが襲いかかる。元刑事が拳ひとつで環境犯罪に立ち向かう熱きシリーズ第4弾！

宇佐美まこと
少女たちは夜歩く

定価814円（税込）978-4-408-55677-2

魔界の罠にはまったら逃げられない——森の中で不可解な悲劇に見舞われる人々。悪夢を見た彼らに救いの時は？　戦慄のホラーミステリー！

岩城裕明
呪いのカルテ たそがれ心霊クリニック

定価715円（税込）978-4-408-55676-5

30歳で死ぬ呪いを解くため悪霊を食べる医者？　日本で唯一の心霊科を掲げる恵介には、幽霊を見られる相棒が…。この恐怖は、泣ける！

南 英男
罠の女 警視庁極秘指令

定価858円（税込）978-4-408-55685-7

熱血検事が少女買春の疑いをかけられ停職中に金属バットで撲殺された。極秘捜査班の剣持直樹は、検事を罠にかけた女、自称〈リカ〉の行方を探るが——!?

が好き。

©山下以登

実業之日本社文庫

しかし、こういう場所でプロの刃物はものを言うのだ。

牛崎がいつ突っ込んでくるかと、佐伯は身構えていた。

両手は下げたままだ。左足をわずかに後方に引き、半身になっている――それだけだが、確かに構えているのだ。

ボクシングやムエタイ、あるいはフルコンタクト空手のように、ガードをかためることだけが構えではない。

牛崎が佐伯のところにたどり着くには、ひとりがけのソファとサイドボードにはさまれた細い隙間を通らなければならない。

あるいは、ひとりがけのソファを乗り越えるしかない。牛崎は、いきなり下を向くと、刃物を振りかざして春江に襲いかかった。

春江はあまりのことに、一瞬、声も出なかった。

佐伯も声を出せない。心のなかで叫んでいた。

牛崎は佐伯の眼の前で春江を刺し、佐伯にショックを与えようとしたのだ。春江が刺されれば、佐伯はひどい自己嫌悪に陥るはずだった。

ヤクザらしい機転だった。

牛崎の匕首が春江を貫くかに見えた。

「あっ……」

突然、牛崎は片目を押さえて動きを止めた。牛崎はひどく驚いたようだった。

何の前ぶれもなく、左眼がひどく痛んだのだ。彼は、何が起こったかわからずにいた。

突然に眼に痛みが走り、視力が一瞬でも失われると、誰でもパニックになる。

床にパチンコ玉が転がった。

春江は、あわてて、佐伯のほうへ逃げてきた。佐伯の後方へ避難する。

牛崎は、パチンコ玉に気づき、佐伯が何かしたのだろうと思った。しかし、何をしたのかはわからなかった。

左眼からそっと手を離してみる。まだ痛みがあり、涙がさかんにあふれてきている。

眼がつぶされたわけではなかった。衝撃によって、一時的に視力が低下しているだけだ。

しかし、牛崎の怒りは、眼をつぶされたかどうかには関係なく本物だった。

彼は顔をたちまち赤く染めた。眼が異様に光り始める。

怒りのせいだが、そこには明らかな喜びの色も見て取れた。これから、自分が佐伯に対して行なう残忍な行為を想像しているのだ。

舌なめずりしそうな表情だ。事実彼は、女を見ても滅多にないことだが、勃起し始めているのだった。

「てめえ……。本気で殺してやる……」

「さっきから、口だけだな……」

「野郎！」

牛崎は、佐伯に向かってまっすぐ突進して行った。

サイドボードとひとりがけソファの間も通らなければ、ソファを乗り越えもしなかった。

ソファを片手で押しのけるようにして、最短距離をすすんできた。

匕首を片手で構えている。

だが、またしても彼は顔面を押さえて立ち尽くした。今度は右眼の下だった。

パチンコ玉が床に落ちて転がる。

牛崎は佐伯の動きを見ていた。佐伯が身動きをしたようには見えなかったので、
牛崎は突進をやめなかったのだった。

パチンコ玉を投げつけるのなら、必ずわかるはずだと牛崎は思っていた。

だが、佐伯はパチンコ玉を投げたのではない。親指で弾いたのだ。

手のなかに玉を握り込んでおいて、人差指の腹に一個乗せて、親指で強く弾くのだ。

『佐伯流活法』で、『つぶし』と呼ばれる技法だ。

同じような技法が、中国武術や日本少林寺拳法にもある。中国武術では如意珠《にょいしゅ》と呼び、日本少林寺拳法では指弾《しだん》と呼ぶ。

なぜ『つぶし』と呼ぶのか佐伯も知らない。小石などを投げつけることを『つぶて』と呼ぶが、それが変化したものなのかもしれない。

あるいは、今、佐伯がやったように目つぶしに使うことが多いのでそこからきた呼び名なのかもしれなかった。

牛崎がひるんだ隙を、佐伯は見逃さなかった。

牛崎は、一歩すすめば手の届くところまできていた。佐伯は、牛崎が顔面を押さえて立ち尽くしたとたん、流れるようなすり足で一歩すすんだ。

牛崎は右手に匕首を持っている。

佐伯は、その右手首を、左手で牽制《けんせい》しながら、右手の掌打をやや下からつき上げるような形で見舞った。

刃物はおそろしい。だが、刃物を持った敵と戦うとき、刃物だけにこだわるのは、さらに危険だ。

刃物を制しつつ、確実に自分の攻撃を決めることが大切なのだ。

下からつき上げるような掌打は効果的だ。あるときには拳より役に立つ。

牛崎は、一瞬、軽い脳震盪《しんとう》を起こした。すかさず、佐伯は、牛崎の顎《あご》を狙い、右の肘を水平に振り抜いた。

牛崎は、意識ははっきりしていた。しかし、足にまったく力が入らなくなり、すとんと尻餅《もち》をついた。

そのとき、佐伯は、牛崎の右手を小手返しに決めて匕首を取り上げた。

佐伯は、言った。

「住居侵入、脅迫、銃刀法違反、殺人未遂、そして暴対法違反……。いろいろそろってるな……」

「くそっ！」

牛崎は、いきなり立ち上がると、佐伯に殴りかかった。佐伯は体をひねってそれをかわした。

牛崎は、肩で佐伯にぶつかり、そのまま玄関に向かって駆け出した。

「このままで済むと思うな」

捨て台詞《ぜりふ》を残す。

佐伯は言った。

「もちろん、思わない。このまま済ます気などない」

9

佐伯は、牛崎を追って外へ駆け出した。

牛崎は車に乗り込もうとしていた。メルセデスだった。ウインドーには、違法のフィルムが貼ってある。

牛崎はキーを差し込んでドアを開けねばならず、その分時間を食っていた。

そして、まさかヤクザの自分を佐伯が追ってくるとは思わなかったので、別に急いではいなかった。

捨て台詞を残した時点で、その場のケリはついたと思っていたのだ。

牛崎は、佐伯を見て驚いた。

「どういうつもりだ、てめえ……」

「このまま逃がすわけにはいかないんだ。ヤクザ者がひとりでいるなんて、またとないチャンスだからな……」

「この俺と喧嘩《ゴロ》まこうってのか……」

「やってもいいな……」

牛崎は、取り合わず、何とか車に乗って逃げるべきだとわかっていた。佐伯をぶちのめすチャンスは、いくらでもある。

暴力団は組織力が命だ。ヤクザがおそろしいのは、その粗暴さもあるが、何より、背後の組織力のせいなのだ。

だが、彼は、今ここで決着をつけるという一種の誘惑に勝てそうになかった。それは、彼にとって確かに誘惑だった。

さっきは油断していたからへまをやった。油断さえしなければ、佐伯などどうということはない——彼は、そう信じ始めていた。

牛崎は、佐伯の『つぶし』がどんなものであるか気づいてはいない。

だが、そんなことはどうということはないと感じていた。

喧嘩で自分に勝てる者などいないと信じているのだった。

だが、場所が問題だった。そこは住宅地のどまんなかだ。

そんなところで喧嘩を始めたら、住民が警察に通報するかもしれない。牛崎は喧嘩好きで、きわめて残忍な男だが、用心深い一面があった。

だからこそ、彼は手強い男なのだ。

警察が駆けつけた場合、自分は不利だと思った。素人同士の喧嘩のようなわけにはいかなくなる。

牛崎は突然、佐伯に背を向けて走り出した。

人目につかない場所まで佐伯を誘い出さねばならなかった。

そのあたりの地理に明るいわけではないが、移動していけば、適当な場所が見つかると考えた。

やがて、住宅街を抜け、牛崎が望んでいた通りの場所が見つかった。マンションの建築現場だった。

そのマンションは、建築中というよりも、作業の途中で放り出されたという感じがした。

バブル崩壊の名残なのかもしれない。コンクリートの外枠だけが完成しており、あとは、まったく作業をすすめている様子がない。

牛崎はそこへ駆け込んだ。佐伯が追ってくるのを確かめた。

（さあ、こいよ）

牛崎は思った。（ここは、てめえの墓にぴったりじゃないか）

佐伯は牛崎を、落ち着いた足取りで追っていた。

牛崎の目的はわかっていた。

彼の考えは、佐伯にとっても好都合だった。

佐伯も徹底的にやるつもりでいる。邪魔はされたくない。

牛崎が、建築中のマンションの工事現場に入って行ったとき、佐伯は、一度立ち止まり、大きく息を吸った。

あらためて、ゆっくりとすすんだ。

その現場は、暗かった。

すでに日が落ちている。明かりが何もない。

近くの街灯からわずかに明かりが届いているていどだった。

佐伯は、『佐伯流活法』に伝わっている暗視を使い始めた。

この暗視は別に特別な能力ではない。誰でも、訓練すればあるていどはできるようになる。

暗い場所でものを見るコツは、そのものを見つめないことだ。わずかに視線をそらして対象物を見るのだ。

暗い星は、その星を見つめるよりも、となりの星を見ているときによく見える。

それと同じだ。

『佐伯流活法』の暗視は、どこか一点を見つめるのではなく、視界全体に気を配るのだ。

この方法は、独立したものではなく、『佐伯流活法』の目配りのバリエーションに過ぎない。

工事現場はさびれた雰囲気があった。建築現場は、作業員が引き上げたあとも、独特の活気のようなものがあるはずだった。

新しい建材が積まれていたり、材料の切れ端が散らばっていたり、作り上げる最中の作業の痕跡が見られるはずだ。

だがそこには、そうしたものは見られなかった。

すべてのものが雨ざらしになっている。まるで廃墟のようだった。バブル崩壊が残した廃墟だ。

その廃墟を、佐伯は用心深くすすんだ。

建築途中の建物というのは、あらゆるところに遮蔽物がある。

佐伯は、すり足ですすんだ。周囲の気配を探っている。

気配を探るというのは、五感を総動員することだ。

視覚、聴覚、嗅覚だけでなく、本当に味覚や皮膚の触覚までも使うのだ。

人間は何かが近づくと、皮膚が反応するものなのだ。そして、同時に、味覚も反応している。普段気づかないだけなのだ。

きわめて敏感な人は、手に何かを乗せただけで、何かの味覚を感じることがある。そのものをなめた味ではない。五臓が反応したときの体内の味なのだ。

空気が動いた。

佐伯の頬がそれを感じ取った。

きわめて微妙なゆらぎだった。それがまず最初だった。

次に音が聞こえた。そして、視覚に飛び込んできた。

牛崎の奇襲だった。

牛崎の姿が目に入ったときには、すでに佐伯の体は反応していた。視覚だけに頼っていたらこうはいかない。

見えたときにはもう攻撃をくらっている。

牛崎は、左手で佐伯の顔面に対し牽制しつつ膝を踵《かかと》で蹴り下ろしてきた。

きわめて危険な攻撃だ。つまりは、きわめて実戦的で有効だということだ。

膝を蹴り折られたら、そのとたんに無力化する。あとは、牛崎になぶり殺しにされるだけだ。

実戦の技術には、実戦の技でこたえた。

佐伯は逃げなかった。

攻撃されると、人間はどうしても咄嗟《とっさ》にさがりたくなる。だが、たいてい、さがったときが危険なのだ。

相手は必ず二撃目、三撃目を用意している。驚きとおそれを抑えて、攻撃されたところからさらに踏み出すくらいの気持ちにしていかなければならない。

それが武術の訓練だ。佐伯は、牛崎に狙われた膝を、上げた。

膝が、蹴り込んでくる牛崎の足の内側にそってすべり上がっていく感じになった。

ブロックしたのだが、それだけではない。ブロックすると同時に、金的を狙っていたのだ。

金的も、一撃されるだけで無力化する。

牛崎はさすがだった。その反撃を感じ取ると、左の掌底で佐伯の膝を押さえ込んだ。

膝を押しやるようにして、その反動で後方に飛ぶ。

佐伯は、すべるようなすり足で前進した。

後方に飛んだその着地の瞬間にタイミングを合わせて右の掌打を出した。

ジャンプしたような場合、着地の瞬間が最も無防備となる。

その掌打は、牛崎の顔面をとらえた。

『佐伯流活法』ではこの掌打のことを『張り』と呼ぶ。拳よりもむしろ多用される。

『佐伯流活法』は、たいていの場合、利き腕が前方になる。ボクシングなどとは逆だ。

ボクシングは、左を防御と、牽制のジャブに用いる。それは、右を生かすための用意だ。

『佐伯流活法』では、修行がすすむにつれて、攻撃と防御が一体になっていく。そのため、より器用で強力な利き腕を、できるだけ相手の近くにおくのだ。

『佐伯流活法』の手の用法は、空手などの徒手拳術よりも、むしろ、剣術に近いのかもしれない。

牛崎の動きが一瞬止まる。

佐伯はすかさず足を払いにいった。

『佐伯流活法』の足払いは、柔道のように刈らない。

近くにある足で、相手の近いほうの足を即座に引っかけるのだ。大きく刈る必要はないし、こうした技は、決して大きく動いてはいけないと教えられている。

牛崎はバランスを崩した。

喧嘩では、絶対にチャンスを逃がしてはいけない。

片をつけてしまえるのに、余裕を見せて、わざと手を出さずに相手を見ている、などというのは恰好はいいが、大けがをする。

喧嘩は、たいてい死にものぐるいになったほうが勝つ。

やれると思った瞬間に必死になることだ。佐伯はその鉄則を守った。

バランスを崩した牛崎の顔面にまた『張り』を見舞う。

最短距離で飛んでくる『張り』はなかなか避けられない。

『張り』は、単なるジャブではない。フィニッシュブロウとして使うこともできる。

空手の掌底打ちとは少しばかり異なる。空手の掌底打ちは、やはり正拳突きと同様に、固いもので固いところを打つ、という思想の系列上にある。

固く鍛えた最大の魅力だ。

掌底打ちというのは、掌のなかでもっとも固いつけ根の部分で突くことをいう。

『佐伯流活法』の張りは、掌の柔軟さを利用する。掌全体で相手の頭部や顔面を包むような感じで打つのだ。

打つ瞬間に体のうねりで生じたエネルギーをすべて掌に集める。

具体的にいうと、踵の踏みつけ、膝の屈伸、腰の回転、背のうねり、肩の旋回、肘と手首のスナップ——それらを瞬時に使い、力を掌に集めるのだ。

肘と手首だけを使うと、相手にまったく悟られない、素早いジャブとなり、全身のうねりを使えば、フィニッシュブロウにもなるというわけだ。

佐伯は、牛崎に対し、三度『張り』を見舞っている。中島の家で一発、今いる工事現場で二発だ。

いずれも、速さを重視したジャブ的な使いかただ。

だが、柔らかく頭部や顔面を包むようにして打つことの効果は大きい。

牛崎が軽い脳震盪を起こしたのはそのせいだ。柔らかいもので、広い表面積から衝撃を加えたほうが、かたく小さなもので殴るより脳震盪を起こさせやすい。

素手の拳《ベア・ナックル》で殴り合うよりも、グローブをつけたほうがノックアウトが多くなるというのは、それを証明している。

その代わり、相手を殺そうと思ったら、固い鈍器で相手の頭部を攻撃するのがいい。

拳や、肘といった骨の部分を利用するのだ。そうすれば、脳内出血や血腫、脳挫傷などが比較的簡単に起きる。

佐伯の『張り』をくらって牛崎がよろよろと後退した。

そのとき、古い建材か何かにつまずき、尻餅をつくような形で転倒した。

それが牛崎に幸いした。

『張り』を出した次の瞬間、佐伯は、左の拳を握って牛崎の顔面に突き出していた。

やはり、体のうねりを生かした突きだ。これも空手の剛の突きとは少し違う。

合気道で、相手に両手首を握らせておき、こちらの体重をぐっと沈め、相手の体重を浮かせるという訓練をする。その際に、脇を締め、どちらかというと胸をくぼめて、下腹と腰を前に出すような気持ちにする。

合気道では、主にその訓練を、投げのために行なうが、『佐伯流活法』では、突きのために行なう。

相手の体重を浮かせるような気持ちで、拳を打ち込む。そのときに、相手の体の向こうまで、突き通すようなイメージを持つのが大切だ。

そうすると、不思議なことに、本当に衝撃が相手の体を貫通するのだ。

拳を使ったこういう突きを、『佐伯流活法』では『撃ち』という。

まさに、撃ち抜くような打撃技だ。『撃ち』は殺し技とされている。それくらい強力なのだ。

牛崎がつまずいて転んだために、佐伯の左の『撃ち』は不発に終わった。

技をかわされた瞬間というのは、もっとも無防備になる。

牛崎はさすがに喧嘩慣れしていた。不利をすぐさま有利に変える術《すべ》を知っている。

牛崎は尻をついた状態から、右の膝を胸に引きつけるように曲げ、踵をまっすぐに突き出した。

やはり、佐伯の膝を狙っていた。

これは完全に不意を衝いた。

固い革靴の踵が佐伯の右膝を突いた。佐伯は、その痛みに、思わず肺のなかの空気を吐き出していた。

へたをすれば、膝を折られていた。

折られなかったのは、『佐伯流活法』の基本を守り、膝をわずかに曲げていたからだ。

武道の訓練というのは、こういうふうに役に立つのだ。喧嘩が強くなるかどうかは本人次第だが、誰でも修行することによって、攻撃されたときのダメージを少なくすることができる。

佐伯は大きく間を取るしかなかった。足を引きずって、さがる。

牛崎は、ぱっと起き上がり、やはり、佐伯のような、すべるようなすり足で間を詰めてきた。

牛崎は長年の経験でこういう足さばきが、喧嘩に有効だと悟ったのだろう。頭で考えたのではなく、体で覚えたのだ。

佐伯は牛崎がどこを攻めてくるかわかっていた。

右膝だ。痛めたところを徹底的に攻める。これも勝つための鉄則のひとつだ。

格闘技の世界で、相手のけがをしている個所を攻めても卑怯と言う者はいない。当たりまえのことなのだ。

佐伯は、右足を前にして誘った。牛崎は勢いに乗り、やはり膝を踏み下ろすように足を出してきた。

佐伯は、足を小さいステップで入れ違えて、その踏み込みをかわし、即座に『張り』を出すつもりだった。

左右の足を入れ違える。

その瞬間、すさまじい衝撃が顎から鼻に突き抜けた。

牛崎のかけひきは半端ではなかった。膝折りはフェイントだった。膝を蹴り下ろすような踏み込みの勢いを利用した鋭いショートフックだった。

右のショートフックが、佐伯の顎を打ったのだ。

目の前がまばやく光り、鼻の奥でキナ臭いにおいがする。腰がすうっと浮いていく感じだった。

すぐさま続いて、牛崎の攻撃が襲いかかってきた。

左のフック、右のアッパー。

すべてヒットした。佐伯の体は、一時的にいうことをきかなくなった。

さがるまいと思うのだが、ずるずると後退してしまう。

牛崎は、ボディなど狙わなかった。これも喧嘩の鉄則だ。立っている相手は、顔面と足を狙うのだ。

腹は、相手が倒れてから爪先で蹴り込むものだ。

ボクシングのパンチは、空中でさばくのはむずかしい。角度のバリエーションが多く、スピードがあるからだ。

腕へのダメージをあるていど覚悟してブロックするしかないのだ。佐伯は、何とか両腕をかかげてブロックした。

意識が顔面に集中したところで、牛崎は見事なローキックを出した。膝上約十センチの外側部に決まった。

佐伯は右足がまったくいうことをきかなくなるのを感じた。足がしびれてしまったときのように、その場でひっくり返った。

牛崎は、落ち着いており、しかも、手をゆるめようとはしなかった。

佐伯が倒れたのを見て、牛崎は、踏み込もうと大きく足を上げた。

倒れるというのは、喧嘩においては絶対的な不利を物語っている。

佐伯の眼に牛崎の足が飛び込んできた。

体のどこであっても、倒れているときに踏みつけられたら終わりだ。

牛崎の足が落ちてくる。

佐伯は、スローモーションでそれを見ているような気がしていた。

10

倒れているところを踏みつけられると、たいてい骨折してしまう。

特にあばらは構造的に折れやすい。手足の関節も危ない。

腹を踏みつけられれば内臓が危険だ。だが、もっとも危険なのは頭部だ。

頭蓋骨を踏みつぶされたら即死だ。

そこからの佐伯の動きは完全に反射的なものだった。あるいは、無意識の反撃だ。

佐伯は、横へ転がって逃げるようなことはしなかった。

それが結果的にはよかった。横へ逃げても、牛崎の攻撃は続いただろう。第二撃、第三撃が襲いかかってきたに違いない。

そして、いつかは命中する。

立って戦っているときに、後ろへさがるのと同じことがいえる。

佐伯の身上は、相手の攻撃を見切ることだ。見切るというのは、攻撃のとどく位置を見定めてかわすという意味に使われることが多い。「一寸の見切り」などという言いかたをする場合はそうだ。

だが、佐伯が修行した見切りの概念はちょっと違う。「見切りの早さ」ということだ。

技の出際を見切る意味なのだ。したがって、佐伯の技はどんどん攻撃と防御が一体となっていく。

佐伯は、牛崎が足を踏み下ろしてくるのに合わせ――つまり、足の踏み込むタイミングを見切って、踵で蹴り上げた。

牛崎が踏みつけるより、ほんの一瞬早く、佐伯の踵が牛崎の金的をとらえた。

こうした見切りの攻撃は、完璧なカウンターとなるため、相手はまずかわせない。

そして、相手にしてみれば、何をされたかたいていの場合わからないので、心理的にショックが大きい。

牛崎は、大声を上げて、ひっくり返った。

胎児のような恰好になって、コンクリートの床の上でもがいている。

暗くて見えないが、彼は苦痛のため顔中に汗を浮かべているはずだった。

佐伯はすでに立ち上がっていた。

金的への一撃はなかなかダメージが去らない。カウンターで決まったのだからなおさらだった。

牛崎は、それでも、何とか佐伯の動きに対処するために、体を動かそうとしていた。

たいしたものだ、と佐伯は思った。気を失っていてもおかしくはないのだ。

佐伯は、左手で牛崎の右手を押さえ、右膝で、腹を決めた。

手首の陽谷穴《ようこく》と陽谿穴《ようけい》というツボ、および脇腹の章門穴《しょうもん》というツボを決めている。

これで相手は動けない。さらに、佐伯は右手で牛崎の喉を決めた。

牛崎はすでに脱力していた。金的を強打されたための虚脱感に、手と腹と喉のツボを決められた苦痛が加わった。

ツボを決められた苦痛というのは独特だ。それは、誰にも耐えることはできない。

武術には、投げ技や打突技、ひしぎ技、決め技といういろいろな技がある。投げ技や打突技に関していえば、喧嘩慣れしている者が優位に立つことがある。

しかし、決め技は喧嘩慣れのレベルでは対処できない。武術のしっかりした訓練と理論の修得、知識が必要なのだ。

牛崎ほどのヤクザが、すでに抗《あらが》う気をなくしていた。

佐伯は言った。

「ひとつ、尋ねておかなければならないことがある」

牛崎は苦痛にあえいでいる。

佐伯は、尋ねた。

「中島律子はどこにいる？」

牛崎は抵抗する気をなくしていたし、律子のことはむしろ早く解放すべきだと思っていた。

だから、それをしゃべることに、それほど問題を感じていなかった。

「滝田という若い者の部屋だ……」

「住所は？」

牛崎はこたえた。

佐伯は、手をゆるめた。

その瞬間に、牛崎はぐったりと力を抜いた。

「立つんだ」

佐伯は牛崎の服をつかんで引き上げた。牛崎は、苦労して立ち上がった。

立っているのがやっとという感じだった。しかし、それは半分演技だった。

彼は残った最後の力をふりしぼって佐伯に右のショートフックを見舞ってきた。

佐伯はなんなくそれをかわした。

かわしざま、牛崎の背後に回り込んだ。今の牛崎が相手なら、それはたやすかった。

そして、佐伯は、牛崎の首の脇に狙いすました鉄槌打ちを叩き込んだ。耳の下の急所だ。

牛崎は、たちまち眠った。

佐伯は、牛崎のネクタイを外し、それで手首をしばり、さらに、彼のベルトで、その手首を資材の曲がった鉄筋にしばりつけた。

そうしておいて、中島の家へ引き返して、電話を借り、まず警視庁の奥野に電話した。

春江は驚いてその様子を見つめ、佐伯の話を聞いていた。

奥野は、余計なことは言わなかった。

「娘さんのほうはすぐに手配をします。そこにも所轄の警察署《P・S》に連絡して、パトカーを向かわせましょう」

「うまくやってくれ」

「まかせてください、チョウさん」

奥野は、佐伯と警視庁で組んでいたころのような言いかたをした。事実、彼は、そのころに戻ったような気分でいた。

電話を切ると、佐伯は春江に言った。

「娘さんは助け出される」

春江は驚きの表情のままだ。

佐伯は続けた。

「しかし、実は、帰ってきてからが問題だ。娘さんは、身も心もボロボロになっている。生きる気もなくしているかもしれない。母親のあんたが、しっかりと支えてやらなければならない」

春江は悲しみに打ちひしがれた表情になっている。

だが、彼女は、何とかうなずいた。

「おそらく娘さんは、しばらく入院することになるだろう。薬を打たれてるんだ。薬が体から抜けるとき、すさまじい苦痛が襲う。その苦痛に耐えられる者はあまり多くはない。だからみんな中毒になっていく。そして、薬が抜けたとしても、男たちにひどい目に遭わされた精神的苦痛が残る。もしかしたら、こちらのほうがやっかいかもしれない。しばらくは地獄の思いだろう。その地獄から抜け出す助けをしてやるのは、あんただ」

春江は、今度ははっきりうなずいた。その眼には、しっかりとした自覚が芽ばえてきたように見える。

彼女は言った。

「だいじょうぶです。何とかやってみます」

その言葉を聞いて、佐伯は安心した。

女は弱いものだが、母は強い――その言葉を再確認した思いだった。

今、母親の自覚が春江を支えているのだ。

「私もできる限り手伝う。だが、娘さんに対しては、あなたほどのことはできない」

「わかっています」

「私もこれから、娘さんがとらわれているという場所に向かう。あんたは、ここで連絡を待っていてくれ」

「私もいっしょに行くわけにはいきませんか?」

「待つのはつらいだろうが、救出は、警察の役目だ。あんたには別の役目がある。

ここで待つんだ」

「わかりました……」

佐伯は中島の家の玄関を出た。

一度振り返ると、春江が立っていた。先ほど初めて見たときよりもずっとしっかりして見えた。

佐伯は、向き直り、足早に歩き始めた。

右の膝と、膝上の外側部がわずかに痛んだ。彼は、通りかかったタクシーの空車に手を上げた。

滝田という克東報徳会の若い衆の部屋では、まだビデオの撮影が続けられていた。

撮影は、ぶっ続けでは無理なので、断続的に続けられた。

そして、男たちは何度もというわけにはいかないので、性的な玩具を使って、変態的な凌辱を行なったり、SM的な映像を撮ったりした。

律子は何度も失神しかけた。

快感のためではなく、パニックを起こしたためだ。また、責め続けられているため、とっくに体力の限界にきていた。

それでも、もっているのは覚醒剤を打たれているからだった。

彼女は汗まみれになって、苦痛のうめき声を上げ続けた。

男たちは、制服姿の律子を責めさいなむのを喜んだ。性交も、たいていは、制服を着たまま行なわれた。

それは、全裸で性交するよりも屈辱的に思われた。

今、男たちは、SM的な凌辱を続けていた。

制服のまま、律子を縛り上げ、苦痛を与えている。

ブラウスの胸のところだけが開かれ、男たちは、律子の乳房をもみしだき、乳首にいたずらをした。

律子の頭のなかは、混乱の極を迎えようとしていた。

もう、何をされているのかわからない。感覚が錯綜して、思考はばらばらになっている。

今、自分がどんな恰好で、どんな表情をし、どんな声を出しているのかもわからない。

どこか遠くで、何かの物音がしている。何の音だかわからない。彼女は、その音が何の音であるか考えようともしない。

それは、ドアを叩く音だった。

部屋のなかには四人の男がいた。狭いワンルームだったので、部屋のなかは暑苦しかった。

汗と精液のにおいが充満している。交代でビデオカメラとライトを担当していた。

小さいピンク色のローターと呼ばれるバイブレーターで、律子の乳首をもてあそんでいた男が舌を鳴らした。

「うるせえな、誰だ」

「今頃訪ねてくるやつはいないはずですがね……」

部屋の主である滝田が言った。

滝田は、最初に律子を犯した若い衆のひとりだった。

カメラを持った男が言った。

「てめえの女《スケ》でもやってきたんじゃねえのか?」

「おう」

別の男が言った。「だったら、いっしょに入れて、乱交を撮ろうぜ」

「女に女を責めさせるのもいいな」

滝田は苦笑してこたえた。

「部屋を訪ねてくるような女なんていませんよ」

再びドアを叩く音。

「おい、滝田。とにかく出てみろ。誰だろうと追っ払え。こっちは仕事中なんだ」

滝田は立ち上がり、ボクサーショーツをはくと出入口のドアに近づいた。

彼は、まったく無警戒にドアを開けた。

仲間が三人もいるという安心感もあったし、自分は、暴力団組員で、誰もが自分をおそれるはずだという気持ちがあった。

ドアの前に、ふたりの男が立っていた。ひとりは、地味な背広姿。もうひとりはジャンパーを着ている。

鋭い眼の男たち。

ふたりは、イヤホンを耳につけている。

そのイヤホンを見たとたん、滝田はその男たちの正体に気づいた。

背広のほうが何ごとか言って、紐のついた黒い手帳を取り出した。

手帳には警視庁という文字。

「ひ、警察《ヒネ》だ！」

手帳を見るか見ないかのうちに、滝田は叫んでいた。

そのとたんに、部屋のなかは大騒ぎになった。

暴力団員たちは、交互に律子の相手をしていたので、全員裸だった。

にもかかわらず、窓から逃げ出そうとする男がいた。

刑事とともに、制服警官が突入してきた。もちろん、窓の外にも警官が待ちかまえている。

たちまち、全員検挙された。

律子は婦人警官に毛布をかけられた。

彼女の眼の焦点は合っていない。

「もうだいじょうぶよ」

婦人警官が言った。

婦人警官は、部屋のなかに残っている、バイブレーター、丸められたティッシュペーパー、その他の凌辱を物語る残留物を見て顔をしかめた。

律子は、婦人警官の声を聞き、その腕に抱かれた。

彼女は、婦人警官の顔を、まるで奇妙なものを見るような表情で見つめた。

「もうだいじょうぶ」

婦人警官はもう一度言った。

そのとたんに律子は気を失った。

春江のもとに警官がやってきたのは、佐伯が立ち去って十分ほどしてからだった。

春江は、建設が中断しているマンションの工事現場に、ヤクザがいることを告げた。佐伯に、そう告げるように言われていたのだ。

警察官がひとり残り、パトカーがそのマンション建築現場に向かった。

春江は、起こったことを順序立てて話した。

警察官は、眉をひそめた。

「『環境犯罪研究所』……? 何ですか、それは……?」

「知りません。でも、その人は確かにそう言いました」

「『環境犯罪研究所』の佐伯……」

警察官はつぶやきながらメモを取った。

マンションの建築現場に着いたパトカーの警察官二名は、すぐに牛崎を見つけた。

牛崎はまだ意識を取り戻していなかった。だが、じきに目を覚ますはずだ。

頭を打ったり、激しく揺らしたりして気を失っても、一時間以上気を失っていることはあまりない。

また、二時間以上気を失っているとしたら脳障害が残る心配をしなければならない。三時間以上眠っていたら、それきり永遠に目覚めないことがしばしばある。

警察官は、懐中電灯で牛崎を照らし、あきれた顔をした。

ヤクザをこんな目に遭わせる相手は、まず、ヤクザしか考えられなかった。ヤクザでなければ、警察官だ。

パトカー乗務の警察官は、無線で救急車を呼ぶことにした。

佐伯はタクシーを飛ばして、滝田のアパートにやってきた。そのアパートは、克東ビルからそれほど遠くない高田馬場にあった。

佐伯が着いたとき、すでにすべてが片づいていた。

現場の写真を撮り終わり、証拠の品をかき集めた鑑識の連中が引き上げるところだった。

ドアの外では、所轄の刑事が近所の住民に事情聴取をしている。

その所轄の刑事に混じって、奥野が立っていた。

奥野は、別の刑事と話をしている。彼は佐伯に気づいた。

「あ、チョウさん……」

ちょうど背を向ける形になっていたもうひとりの刑事が振り向いて佐伯を見た。

佐伯はその刑事を知っていた。向こうも、もちろん佐伯のことを知っている。

かつての同僚だ。階級は佐伯と同じ部長刑事だ。捜査主任をやっているはずだ。

名前は緑川篤史《みどりかわあつし》。四十五歳のベテランで、大学出だがキャリア組ではない。

頑固者で、一筋縄ではいかない男だった。敵に回したくないタイプの男だ。しかし、これほど心強い味方はいないはずだった。

「通報したのはあんただそうだな」

緑川は、挨拶もなしに言った。

佐伯はうなずいた。

「一一〇番ではなく、警視庁の捜査四課に電話した……。普通の市民はそういうことをしない」

「わかっている。だが、そのほうが話が早いと思った。中島律子は一刻も早く助け出したかった」

「一一〇番でも対応は早い。レスポンス・タイムの平均は四分を切ろうとしている」

「そうだったかな……」

「お前さん、うちの奥野にちょくちょく電話しているようだな?」

「年を取ったんだ。昔話がなつかしい」

「奥野は、今はおれの相棒だ」

佐伯は奥野に向かって言った。

「よかったな。この人は、たぶん、いい刑事だ」

奥野は、何も言わない。心配そうにふたりのやりとりを見ているだけだ。

緑川は挑むような眼をしている。意志の強さを感じさせる眼だ。一見くたびれた中年だが、その眼は少年のようにいきいきとしている。

彼はその挑むような眼のままで言った。

「いいか、佐伯。言っておきたいことがある」

「何でも聞くよ……」

佐伯はちょっとばかりうんざりした気分になってきた。苦情に違いないと思った。

「お前さんは、『環境犯罪研究所』に出向させられたんだ」

「本人もそのことは知っていると思うが……」

「だがな、佐伯」

緑川は言った。「あくまでも出向だ。お前さんはまだ警察官だと、俺は思っている」

佐伯は、言葉を失った。思わず訊き返しそうになる。

緑川は続けた。

「そして、あんたがマル暴時代にやったヤクザ狩りを非難する刑事はひとりもいない。もう一度言う。奥野は、今は俺の相棒だ。だから、俺を蚊帳《かや》の外に置くな」

「つまり、そいつは……」

「ふたりだけで楽しむなということだ。さ、中島律子が運ばれた病院まで送ろう」

佐伯は正直に言って、心を打たれていた。柄にもなく、本当に目頭が熱くなりそうな気がしていた。

11

律子は、婦人科で検査を受け、洗浄その他の手当てを受けると、鎮静剤の助けを借りて眠った。

連絡を受けた母親の春江が、警官につき添われてやってきた。

佐伯は、春江が落ち着いているのを見て安心した。

緑川が警官に手帳を見せ、奥野と自分のことを説明した。警官は型通り敬礼した。軽い敬礼であるところが、かえって親しみを感じさせた。その警官は緑川と同じ巡査部長の階級だった。

巡査部長が佐伯を見て尋ねた。

「こちらは……？」

緑川がこたえる。

「『環境犯罪研究所』の佐伯さんだ」

巡査部長が佐伯に言った。

「ああ……、あんたが……」

彼は、先ほど手帳にメモしたのを思い出していた。職業意識が頭をもたげた。

「あんたに訊いておきたいことがあるんだがね……」

「何だい?」

「あのヤクザをやっつけちまったのは、あんたかい?」

「俺がやった」

「詳しく話を聞きたい」

「まず、母親を娘のところに案内するのが先だと思うが……?」

巡査部長は、ちょっと考え、それを認めた。

佐伯は春江に言った。

「娘さんは今、眠っている。目が覚めたとき、あんたがいたほうがいい。ついていてやるんだ」

病室を指差した。

春江は行きかけて立ち止まり、佐伯に言った。

「あなたに、お礼を言わなければなりません。私を救ってくれたし、娘を取り戻してくれました」

「礼を言うのはまだ早い。本格的な治療はこれから始まるんだ」

春江は、何も言わず病室へ向かった。

春江が去ると、奥野が心底腹立たしげに言った。

「くそっ。暴力団と関わると、必ずこういうことになる」

佐伯が言った。

「まだましなほうさ。彼女たちは生きている」

巡査部長が佐伯に言った。

「さっきの続きだ。起こったこと、あんたがやったことを詳しく話してくれ」

佐伯は素直に話した。

巡査部長は言った。

「たまげたな……。一般市民の協力的態度には感謝するが、むちゃはやらんことだ。ヤクザ相手にそういうことをやっていると本当に死ぬぞ」

「よく言われるよ」

巡査部長は、この佐伯の態度に少し腹を立てたようだった。

「一般市民が勇気を持つのは大切なことだ。だが、はき違えちゃいかん。専門家の領分というものがあるんだ」

佐伯は取り合うまいと思っていた。しかし、彼は、少しばかり興奮状態にあったし、苛立ってもいた。

彼は言った。

「そう。だが、その専門家たちが、暴力団をのさばらせているんだ。暴対法なんぞでっち上げて、取り締まり強化のポーズだけを作った。それで、世間に言い訳をしただけで、本気で暴力団をなくそうともしない。泣きを見るのは、いつも、まじめに生きている一般市民だ」

「そのへんにしておけ。その気になりゃ、あんただって傷害容疑でぶち込めるんだ」

「そうかい?」

緑川が言った。

「よしなよ」

巡査部長は、さっと緑川のほうを見た。

「口を出さんでくれ。所轄の問題だ」

「その人はあんたの言う専門家の領分をよく心得ているよ。おそらく、誰よりもな
……」

「何だって……？　どういうことだ？」

「あんた、噂、聞いたことないかい？　捜査四課のヤクザ狩り刑事、佐伯涼……」

「佐伯涼……？」

巡査部長が腹立たしげな調子のままで繰り返した。そして、ふと気づいたように、もう一度つぶやいた。

「佐伯……」

「そう。そこにいるのが、噂の本人だ」

「しかし……」

巡査部長は戸惑ったように言った。「佐伯部長刑事は、免職になったと聞いたが……」

「官報に公示されなかった。実は免職ではなく、出向だ。だから、彼は、まだ警察官だ」

巡査部長の、佐伯を見る眼が変わった。彼は、独特の軽い調子の敬礼をした。

「そいつは失礼をしたな……」

きまりが悪そうだった。

「気にしないでくれ」

佐伯は言った。「実は、俺自身も、本当にまだ警察官なのかどうかわからなくなるんだ」

これは本心だった。

身分は警察官でも、手帳と拳銃を取り上げられている。これでは、警察官でないのと同じことだ。

佐伯は巡査部長のためにも、その場を外したほうがいいと思った。

「失礼。ちょっと、上司に報告してこなくては……」

佐伯は電話を探してその場を離れた。

夜の十時になろうとしている。

佐伯は電話を見つけると、テレホンカードをスリットに差し込んだ。

こんな時間まで内村が残っているだろうか？

そう思いながらダイヤルした。佐伯は内村の自宅の電話番号を知らない。どこに住んでいるかも知らない。

これまで知る必要がなかったのだ。佐伯が連絡を取りたいとき、いつも内村は『環境犯罪研究所』にいた。

呼び出し音が三回。

「はい」

内村の声がした。

この人は、いつ帰宅するのだろうと、不思議に思いながら、佐伯は言った。

「克東報徳会が手を出してきました。ちょっと実力行使をしてやりました。中島陽一の奥さんは無事です」

そして、佐伯は、娘の律子の件についても報告した。

内村は、まったく動揺しなかった。

「それで、あとは警察が片づけてくれると思いますか？　佐伯さんの判断はいかがです？」

「やるとは思います。ですが、われわれはわれわれで、まだやることがあると思いますが……」

「関東パーツですか？」

「そう。徹底的にゆさぶりをかけないと……」

「わかりました。任せますよ」

「もうひとつ……。中島律子のために力になってやりたい」

「同感ですね……。その点は、私も考えてみますよ」

「たのみます」

「これから、どうなさるのですか？」

「しばらく病院にいます。中島律子の様子が気になりますんで……」

「わかりました。白石くんには連絡しておきます」

佐伯は、暴力団に爆破された家の所有者だった。育ての親の老夫婦に、ただ同然で貸していたのだ。

住んでいたマンションは、暴力団の襲撃に遭い、他の住民のことを思って、出なければならなくなった。

その後、白石景子の家に居候しているのだった。

白石景子の家は資産家だったが、不正を嫌う気骨者ぞろいが災いして、残った財産は、横浜山手にある屋敷だけとなってしまった。

とはいえ、ちょっとした邸宅だった。

居候とはいっても、同棲をしているわけではない。たくさんある部屋のひとつに住まわせてもらっているだけだ。

景子はひとり暮らしだが、彼女のような育ちの者がひとり暮らしという場合は、執事のような人間を数えていないだけだ。

白石景子の家には、古いイギリス映画で見るような立派な執事がひとりおり、佐伯はその男を気に入っていた。

佐伯は言った。

「おそらく、今日は帰らないと伝えてください」

電話を切った。

律子の病室の近くに戻ると、巡査部長の姿はなかった。

春江を奥野たちに任せ、帰ったのだという。

佐伯は、緑川と奥野を交互に見て、胸にわだかまっている疑問をぶつけた。

「克東運輸の贈収賄」

緑川は、冷静な眼で佐伯を見返している。奥野は難しい顔をした。

佐伯は続けた。

「東京地検特捜部が慎重に事を運んでいるそうじゃないか。警察は、克東運輸のバックにいる克東報徳会に手を出せるのか？」

「出せる」

緑川は言った。「未成年の婦女子を、誘拐し、監禁して集団で犯した。単なる強姦罪ではないから、親告罪の枠から外れている。あんたが片づけたヤクザも、罪状はっきりしている」

「暴力団というのは、トカゲの尻尾を切り捨てる。そうして組織は生きのびていくんだ。形式だけの家宅捜索《ウチコミ》をやっただけで、一件落着ってのは気に入らない」

「そう……」

奥野が言った。「チョウさんたちを脅迫に行った組員と、ビデオを撮影していた四人の組員は逮捕できました。しかし、克東報徳会が白《しら》を切れば、それまでです。あの五人は破門した。組はあいつらのやったことなど知らない。そう主張するのが暴力団の常套手段ですからね」

「そう。法を楯《たて》に取っている」

佐伯が言った。「そして、警察はあくまで法に従って動かなければならない。だから、それ以上手が出せない。今日び、ヤクザも一流の弁護士を雇う。そして、暴対法成立のときに、ヤクザを集めて勉強会をやったような、ヤクザに尻尾を振る弁護士もいる」

「だが、俺はやる」

緑川は平然と言った。

その口調で、緑川がこの問題をずっと考えていたことが佐伯にはわかった。

「やれるという根拠は？」

「克東運輸の贈収賄は意外と簡単に立件・起訴されるだろう。東京佐川急便の前例があるからだ。そして、今や、保守党の独裁政治は終わった。保守党はもはやかつてのような力を持たない。企業・暴力団・保守党という三者の蜜月は終わったんだ。かつては、さまざまなからみで政府与党が暴力団を守ってきた。暴力団の取り締まりに政治的な圧力がかかったこともあった。だが、もはや、そういうことはない。俺はそう思っている」

彼は、一度言葉を切り、あたらめて言った。「少しずつだが、日本は変わるんだ」

「根拠には聞こえないな」

「俺は今言ったことを信じて、追及の手をゆるめない。これが根拠だ。ビデオを撮っていた四人を徹底的に締め上げる。あんたを脅迫したあのヤクザも、だ。そして、余罪を吐き出させ、それを、克東報徳会と結びつけていく」

「なるほど、刑事らしい地味な仕事だ」

「そう。地味なボディーブロウはじわじわ効いていくんだよ。そのうちに、東京地検がハードパンチを見舞う。刑事と検察がその気になれば、本当に暴力団をつぶせることを証明してやるよ」

「少しはましな話に聞こえてきた。ところで、俺は、フロンの買い占めと密輸をやっているらしい関東パーツという会社もゆさぶってみるつもりだ。そこでも、克東報徳会の組員が何人か釣れると思うんだが」

「止めてもやるのだろうな」

「やる」

緑川は、奥野を見て言った。

「おい、オク。昔のよしみだ。佐伯に手を貸してやれ」

奥野は言った。

「やっぱり、僕は佐伯さんと同じ道を行きそうだ……」

「心配するな」

緑川が冷笑するような調子で言った。「俺が手綱を引き締めてやるよ」

内村所長は、キーボードを叩いて、平井貴志《ひらいたかし》のプロフィールをディスプレイに呼び出した。

平井貴志は、東京弁護士会に所属する弁護士だ。三十二歳のやり手だ。民事事件を主に手がけてきたが、民事介入暴力に関して、目ざましい実績を持っていた。

暴対法が成立・施行されるまでは、警察は民事事件には介入しない方針を貫いていた。

それをいいことに、暴力団は民事事件に介入して庶民を苦しめていた。

その実態に触れる機会が多かった平井弁護士は、心底から暴力団を憎んでいるひとりとなった。

内村所長は、平井弁護士の自宅の電話番号をディスプレイで確かめた。

彼は、一度会ったことのある相手のデータは必ずメモリーに入れておき、それをこつこつと補っていく。

内村は平井に電話した。

夜の十時に、独身の平井が家にいるかどうかは疑問だった。

だが、平井はいた。

「はい」

昼間、仕事場に電話をしたときよりも不機嫌そうな声に聞える。人間、誰でもそんなものだ。

「『環境犯罪研究所』の内村です」

「ああ……、どうも……」

この返事は、内村からの電話を迷惑に思っているわけでもなく、かといって歓迎しているわけではないといったニュートラルな感じだった。

平井の職業意識の表れかもしれなかった。

「ご相談したいことがありまして」

「この時間に？　自宅に電話をしてきて、相談？　仕事のことではないのですか？」

「お仕事ということになると思います」

「では、あした、職場のほうに電話をくれたほうがいい」

「医者とか弁護士などというのは、勤務時間はあってないようなものだと思っていました」

「そりゃあ、まあ……。事実、今も調停関係の資料を読んでいたところです」

「話を聞いていただけますか？」

「いやとはいえないでしょう」

そこで、内村は、中島律子のことについて話した。彼女がなぜそんな目に遭わなければならなかったかも説明した。

平井は聞いているうちに非常に腹が立ってきた。

中島陽一は殺されてはならない人物だったと、彼は思った。

そして、中島陽一の娘であるという理由で、いや、若くてかわいらしい娘であるという理由のほうが大きいかもしれないが、そんな目に遭うのはあまりに理不尽だと思った。

内村は、最初からそう読んでいたが、話を聞き終わった今、平井はあとにひけなくなっていた。

「民事がご専門なのはわかっていますが……」

内村は言った。

「僕らみたいな立場に、専門などありませんよ。どこの病院にいるのです？」

内村は病院の名と場所を教えた。「そこに佐伯がおります」

「つまり、これから出かけて行っても、下調べくらいはできるということだ」

「これから……？　何か読まねばならない書類があるとおっしゃってませんでしたか？」

「書類は病院から帰ってきてからも読めます。ちょっと夜のドライブをするだけです」

電話は切れた。

情熱と行動力。平井弁護士のそれは、憤りによって支えられているのかもしれなかった。

それでもいいではないか、と内村は考えた。彼の場合、義憤と呼んでさしつかえない。

（こういう若者が日本を支えている）

内村は思った。（そして、こういう男たちが日本を変えていくのだ）

平井は、ドライブマップで病院までの道順を確かめてから、車を出した。幸い、彼は運転が好きだった。ちょっとしたドライブはまったく苦にならない。

病院に着き、当直の看護婦に尋ねると、律子の病室はすぐにわかった。

病室のそばにベンチがあり、そこに佐伯がすわっていた。

緑川と奥野もまだそこにいる。

平井は、佐伯を探しているといい、佐伯は自分がそうだと言った。

平井は、佐伯を見たとたん、ある種のエネルギーを感じた。信頼に足る男だということがすぐにわかった。

平井は言った。

「内村所長に言われてやってきました。弁護士の平井です」

彼は名刺を出した。

その言葉を聞いて、佐伯は、彼が何をしにきたのか理解した。

平井は言った。

「僕は被害者のために、できる以上のことをやりたい気分です」

佐伯はうなずいた。

「そう。われわれの仕事にはそういう気持ちは大切だ。なかなかそう思う者はいないが」

佐伯は緑川と奥野を紹介した。

刑事は、弁護士とは対立する立場になることが多いが、今、ふたりは心から平井を歓迎していた。

平井もそれを感じ取った。

ここにいる男たちは、みな、しいたげられ、踏みにじられる者の味方だ。

「病室へ行こう」

佐伯が言った。「母親がつき添っている。紹介しよう」

佐伯と平井は病室に向かった。

12

牛崎進は、とっくに目を覚ましていた。

頭痛がするが、どうということはないと思っていた。

喧嘩のあとはいつものことだが、体のあちらこちらがこわばっていた。意外なところが痛んだりする。

激しく交錯するとき、まったく気がつかずに打たれたり、何かにぶつけたりしているのだ。

だが、どれも軽い打ち身で、動くのにはまったく支障はなかった。

彼は、そのままリングに上がって四回戦はやれそうな気すらしていた。

目を覚まし、自分が病院にいるのだと気づいたとき、屈辱に歯ぎしりをした。

佐伯のことを思い出し、怒りで目が眩《くら》むほどだった。

佐伯を必ず殺してやると心に誓った。

それも、ただ殺したのでは気が済まなかった。徹底的になぶり殺しにしたかった。

彼はそういう考えかたしかできない男だった。

怒りが彼の行動を規定している。

平井の場合と似ているようだが、まったく違った。彼は私怨しか考えない。そして、私怨を晴らし、面子を保つために、きわめて残忍になるのだ。怒りに操られている彼の行動は、単純だった。

単純であるが故に、人々の意表を衝くことがある。

牛崎は、佐伯を倒すために、こんなところにいてはいけないと思った。

病室のなかに制服を着た警官がひとりいた。丸い腰かけにすわって、牛崎のほうをぼんやり眺めている。

牛崎は、警察などにつかまっていたら、佐伯を殺すことはできなくなると考えた。

怒りにわれを失っているような感じだが、それが彼の日常的な思考パターンなのだった。

警察は、牛崎をすぐにでも署に連行したいと考えていた。

だが、医者が慎重だった。

頭を打つか、あるいはそれに近い理由で気を失った者は、一定時間の観察が必要だというのだ。

本来は二十四時間、様子を見なければならないのだという。

頭を強打した場合、硬膜の外側に出血する場合がある。これは、急性の血腫で、打ってすぐには、出血が少なくてわからないが、二十四時間以内に急速にふくれ上がり、命の危険にさらされるのだ。

警察は、医者の言い分を全面的に認めたわけではないが、しばらくは様子を見ることに決めた。

牛崎は、怒りに駆られる残虐な男だが、一面、非常に狡猾《こうかつ》だった。

彼は、ふと、もっとも効果的な芝居を思いついた。

「痛え……」

彼はうめくように言った。「痛え……」

警察官は冷ややかに眺めていた。

「静かにしろ」

「痛えんだ……。がまんできねえ……。何とかしてくれ……」

警察官は、ふと不安そうな表情になった。彼は、医者の説明を脇で聞いていた。詳しいことは理解できなかったが、医者が脳内出血のことを問題にしているのだけはわかった。

彼は心配になってきた。

牛崎の体を心配しているわけではない。容疑者の容態が目の前で急変したのを放置していて、後々問題になるのをおそれたのだ。

彼は思わず訊いた。

「どうした？　頭か？　頭が痛むのか？」

これが、牛崎にとって助け舟となった。

彼らが何を案じて牛崎を病院に残しているかがわかったのだ。

「そうだ。頭だ。割れるように痛え」

警察官は立ち上がり、ドアを開けた。

そのとき、彼は、あわてていたため、まったく無防備に、牛崎に背を向けた。

牛崎は、はね起きた。

その瞬間、本当にずきんと頭が痛んだが気にしなかった。単なる脳震盪の後遺症以上のものではない。

牛崎は、手錠をされていたがかまわなかった。

両手の指を組んで、ちょうど手錠のあたりが警官の後頭部から首筋のあたりにぶつかるように振り下ろした。

強烈な一撃で、警官は何が起こったかもわからず、その場に崩れ落ちた。

手錠がぶつかり、牛崎の手首もひどく痛んだが、それを気にしてはいられなかった。

廊下にいた別の警官が病室に飛び込んでこようとした。

だが、倒れている警官が邪魔になった。

その一瞬の隙に、牛崎は、両手を水平に振っていた。

手錠の短い鎖が、相手の目と鼻柱のあたりを真横にこするように叩いた。

「うわっ！」

警官は、顔面を押さえて立ち尽くした。

鼻と目のあたりを痛打されたダメージはすぐには去らない。

牛崎はさっとかがむと、最初に倒したほうの警官のホルスターの蓋《ふた》を開けた。

彼はニューナンブ・リボルバーを抜き、紐がついたまま構えた。撃鉄を起こすと、顔面を押さえて立ち尽くしている警官を、ためらいもなく撃った。

銃声が夜の病院にとどろき、警官の胸に、ぽっと小さな穴があいた。背にあいた穴はそれよりはるかに大きく、後方に血が噴き出していた。

牛崎は、一度動きを始めるときわめて冷静だった。

まず、目の前に倒れている警官の警笛の紐を探り、手錠の鍵を見つけた。それで手錠を外した。

そして、制服の肩章を引きちぎり、その肩章で止めてあった拳銃の紐を、警官の肩から外した。

ニューナンブ・リボルバーは、五連発だ。そのうち、一発は抜いてあり、空のところに撃針が位置するように携帯している。

暴発を防ぐためだ。

そして、牛崎は一発撃っているから、残りは三発だった。

廊下にはさらに二名の警官と、二名の刑事がいたが、刑事は銃を携帯していなかった。

牛崎は迷ってなどいなかった。

すみやかに立ち上がり、廊下に飛び出す。警官は銃を構えていたが、即座に撃つことはできなかった。

牛崎は、二発撃った。

一発は、もうひとりの警官を倒したが、もう一発は外れた。

しかし、そこにいる全員を床に伏せさせることができた。

彼は一瞬も止まってはいなかった。廊下の先に、緑色の非常口を示す明かりがついている。

警官が一発撃ち返した。

しかし、牛崎には当たらなかった。牛崎はたちまち非常階段にたどり着き、一気に駆け下りた。

彼は、罪が重くなることも、命さえも何とも思っていなかった。こうした人間の行動力は、しばしば、他人を凌駕する。

ときには、警官をも出し抜くことがある。

ひとりの警官と、ふたりの刑事は、急いで非常階段のところまで行った。しかし、扉から出て階段を下りるのにはたいへんな勇気が必要だった。

下から撃たれるおそれがあるのだ。

だが、彼らは勇気を奮い起こした。そのために、わずかの時間が必要だっただけだ。

その時間が大切だった。

彼らが非常階段を下りようとしたとき、牛崎はすでに姿を消していた。

警察は、まだ、牛崎という男をよく知らなかった。もちろん、前科があり、きわめて質の悪い男であることは、調べればすぐにわかった。

しかし、彼は、警察がそれを知る前に逃げたのだ。

警察は、容疑者の人権などは一時的に目をつぶり、牛崎に拘束衣を着せてもよかったかもしれない。

刑事たちは、そう考えていたが、それも、あとの祭だった。

克東報徳会の組長、久礼隆二は、情婦のマンションで電話を受けた。

このマンションに電話できる者は組のなかでもごく限られている。一部の幹部しか電話することは許されていない。

久礼組長は言った。

「俺だ。何だ?」

幹部がこたえた。

「ビデオ撮ってた若い者《もん》がパクられたらしいんで……」

この男は、代貸で名は仲堀栄一《なかぼりえいいち》といった。久礼組長の懐刀として長年尽くしてきた男だった。

克東報徳会のナンバー・ツーだけあって、貫目《かんめ》はちょっとしたものだった。常に若い衆に睨みを利かせている。

　久礼組長は舌を鳴らした。

「で？　あの娘は？」

「警察が保護したそうです」

「やべえな……。一度、事務所で輪姦《まわ》してるからな……」

「シャブ漬けにしてありますからね……。しばらくは、警察の尋問にこたえられるかどうか……」

「警察《ヒネ》を甘く見ちゃいけねえ……。すぐに証拠となりそうなものを処分しろ。事務所が映っているビデオテープ、つかまった四人の名前が出ている書類。何日かさかのぼってやつらを破門にしろ」

「わかりました。それと……、牛崎のやつから連絡がとだえてるんですが……」

「しょうがねえな……。こっちからかけてみろ」

「やつはまだ携帯電話を持ってないんで……。あしたの朝一番に、克東興産に電話してみます」

「そうしろ」

　久礼は電話を切った。

妙な胸騒ぎがした。彼は、勘の鋭いほうだった。

彼はしばらく考えて、彼のほうから代貸の仲堀の携帯電話を呼び出した。

「はい、仲堀」

「おう、俺だ」

「組長《オヤ》っさん……。どうしました？」

「どうも気になる。ちょっと、若い者《もん》走らせて、牛崎の住居《ヤサ》の様子を見てこい」

「わかりました」


仲堀は、電話で若い衆を呼び出し、牛崎の住むマンションへ向かわせた。

牛崎の部屋は、地下鉄東西線・茅場町《かやばちょう》の近くに建つマンションにあった。

仲堀に命じられた若い組員は、すぐにそのマンションまでバイクを飛ばした。

まず、彼はマンションの前に、パトカーが止まっているのを見て不審に思った。

彼はバイクを止め、エレベーターで、牛崎の部屋の階まで行った。

六階だった。エレベーターが開くと、彼ははっとした。

警官がふたり組で、住民に何か訊いて回っていた。警官が今、話を聞いているのは、牛崎のとなりの部屋だった。

若者はとっさに逃げ出そうとした。彼らの習性だ。

しかし、考え直した。

ここで逃げ出したのでは子供の使いと同じだ。

彼は何食わぬ顔で牛崎の部屋に近づいた。牛崎の部屋のドアチャイムを鳴らす。

警官はそれに気づいた。

ふたりの警官は、となりの部屋の尋問を切り上げ、若い組員に声をかけた。

「あんた、牛崎の知りあいか？」

「そうだけど？」

「こんな時間に、何の用で部屋を尋ねてきた？」

午後十時半を過ぎていた。牛崎が病院から逃走して十分と経っていない。

この警官たちは、パトカーの無線で牛崎逃走の第一報を聞き、牛崎の部屋へ急行してきたのだ。

警官に尋ねられ、若い組員はこたえた。

「別に……。よく、話をしに寄るんですよ。今日も、ちょっと顔を見ようと思って……」

「あんた、克東報徳会の組員か？」

「まあね……。ねえ、何かあったんすか？」

警察官はちらりと眼を見合った。

「いや、何でもない。牛崎はいない。留守だよ」

若い組員はもう一度言った。

「牛崎の兄貴に何かあったんですか？」

警察官が、ぺらぺらとしゃべるはずはなかった。どんなささいなことでも、捜査上の秘密になりうるのだ。

「いや、そうじゃない」

警官はさりげなく言った。「何か、連絡があったわけじゃないのだな？」

「遊びにきただけですよ」

警官たちはうなずいた。

「牛崎は留守だ。さあ、帰るんだ」

若い組員は、そこで逆らっても何の得もないと考えた。

彼は素直にエレベーターで一階まで降りた。バイクのところまで行き、ふと彼は、マンションのそばに路上駐車している車に気づいた。

なかは暗くてよく見えなかったが、確かに人影が動いたような気がした。

若い組員は、ぴんときた。その車は覆面パトカーに違いないと思った。

何かが起こったに違いない。彼はそう判断した。

バイクにまたがると、事務所へ急いだ。事務所で仲堀が待っているはずだった。


「何かが起こってる？」

仲堀は、若い組員の報告を聞いて睨みつけた。「そんなのが報告になるか」

「すいません」

目上の者には、まず無条件で謝れと教えられているので、若い組員は頭を下げた。

そして、彼は説明した。「パトカーが止まってたんです。で、兄貴の部屋へ行くと、警官がふたりいて、となりの部屋の住人に訊き込みをやってたんで……」

仲堀は、厳しい表情のまま、話を聞いていた。

仲堀が何も言わないので、若い組員は説明を続けた。

「……で、自分は警官に追っぱらわれて、下へ降りたんですが、そんときに、覆面パトカーがいるのに気づいたんです」

「覆面パトカー……」

仲堀は、ふと眉を寄せた。

「そうです。間違いありません」

仲堀は、その組員の顔をじっと見つめていた。

仲堀とその組員の他に、二名の若い衆が事務所に詰めていた。

急に事務所のなかの空気がぴりぴりと張りつめた感じになった。

仲堀は、すぐさま電話に手を伸ばし、克東興産の河本社長に電話した。

河本は自宅にいなかった。どこかで飲んでいるに違いないと仲堀は思った。

幸い、河本は携帯電話を持っている。仲堀は、事務所の電話帳を開いてその番号を見つけダイヤルした。

電話はつながった。

「はい、河本」

「仲堀だ」

「おう、久しぶりだな」

「牛崎と連絡が取れねえ。どうしたか知らんか？」

「牛崎……」

河本は、吐き捨てるような調子で言った。

「あの野郎は、てめえを何だと思ってるんだ？　うちの社員の肩を外し、肘を折りやがった」

河本は酔ってるようだった。「痛めつけるべき相手とそうでないのを区別できねえんじゃねえのか？」

「おい、世間話してる暇はねえんだ」

「牛崎か……。昼間、会社にふざけた電話があってな。そのことで、出かけて行ったきりだ。出たのが夕方だが、帰ってこねえんで、直帰ということにしておいた」

「そのあと、会社にも何の知らせもないのか？」

「知らせ？　どこから？」

「例えば警察だ」

わずかな沈黙の間があった。

「おい、何があったんだ？」

河本の口調が変わった。にわかに酔いが醒めたような感じだった。

仲堀は言った。

「まだわからねえんだが、妙なことになってるかもしれねえんだ。お前のほうも気をつけていてくれ」

「何だ何だ。話がまったくわかんねえぞ。どういうことだ」

そこで、仲堀は、今組員から聞いたことを話した。

聞き終わると、河本は慎重な調子で言った。

「わかった……。手を打っておく。牛崎なんてやつは、うちの会社にいなかったことにしておこう」

「そうだな……。それがいいかもしれん。じゃ、何かあったらすぐ知らせてくれ」

仲堀は電話を切った。そして、すぐに組長の久礼に電話した。

久礼はすぐに尋ねた。

「おう。どうだった」

仲堀は、組員からの報告を、もう一度説明した。

久礼は即座に言った。

「さっきの四人と同じだ。牛崎とも縁を切っておけ」

「わかりました」

「それで、どうにか切り抜けられるはずだ。家宅捜索《ウチコミ》にそなえて、事務所んなかきれいにしておけ」

電話が切れた。

仲堀は、てきぱきとその場にいる組員に指示をして、体裁を整え始めた。

13

平井弁護士は、佐伯と中島春江から詳しく事情を聞いた。

佐伯は、話を聞き終わると平井は引き上げるものと思っていた。だが、彼は夜が更けても帰ろうとはしなかった。

緑川と奥野も残っていた。

中島春江を残し、病室を出ると、佐伯は平井に言った。

「緑川と奥野が残っている理由はわかる。中島律子が目を覚ましたとき、訊き出せる限りのことを訊き出そうとしているわけだ。だが、あんたが残っている理由はあまりないと思うが……」

「僕も同じですよ。被害者の生の声というのは、聞いておかなければならない」

「目を覚ましたとたん、シャブの禁断症状で苦しみ出すかもしれん。おそらくそうなるだろう。話などできないかもしれない」

「かまいません。その苦しむ様子を見るのも弁護の役に立つのです」

佐伯はそれ以上何も言わなかった。

そして、深夜零時を過ぎたころ、律子は目を覚ました。

起きたとたん、彼女は苦しみ出した。呼吸が浅くなり、ひどく汗をかき始める。

医者が呼ばれた。

律子は、母親の顔を見て泣き出した。

心理的な苦痛と、肉体的な苦痛が相乗効果をもたらし、彼女はパニック状態になった。

医者は、あまりいいことではないと知りつつ、また鎮静剤を打たねばならなかった。

だが、律子は、今度は眠らなかった。苦しみが多少軽減されたかもしれない。

しかし、あいかわらず彼女は苦痛に悶えていた。

医者が中島春江に言った。

「これから、精神科・神経科を中心に、本格的な治療を始めます。患者にとっても、周囲のかたがたにとっても、つらい治療となるはずです」

緑川が医者に尋ねた。

「話を聞けませんか?」

医者は冷ややかに刑事に言った。

「拷問をするつもりですか？」

緑川は、平然と肩をすぼめた。

「無駄だと思っても、いちおううかがいを立ててみるのが、私らの仕事なんです」

「回復するまで待っていただきます。私にはそういう義務がある」

「そうでしょうね。わかりますよ」

「さあ、治療はすでに始まっています。外に出ていただきたい」

医者に言われて、四人の男たちは病室の外に出た。

「さて、ここにいても、できることはなさそうだ」

緑川は言った。「私は引き上げる」

「僕はここにいていいでしょうか？」

奥野が言った。緑川は首を横に振った。

「だめだ。刑事というのは、用のないところにいるもんじゃない。そうでなくても、嫌われ者なのだ」

佐伯がうなずいた。

「その通りだ。休めるときには休むものだ。でないと、いざというときに使いものにならなくなる」

「あの娘の苦しむ様子が眼に焼きついて、とても眠れそうにありませんよ」

佐伯は言った。

「おい、緑川。こういう坊やが相棒だと苦労するな」

「まったくだ」

奥野はうんざりとした表情をして見せた。

「わかってます。刑事ってのは、精神的にタフでなくちゃならないというのでしょう？」

「そう。ぐちゃぐちゃの肉片と化した死体を検分した直後、焼肉をばくばく食えなくちゃならん」

佐伯が言った。「まあ、いやでもそうなっちまうがな」

「わかりましたよ」

奥野が言う。「うちへ帰って寝ることにしますよ」

「寝るだけじゃだめだ。ぐっすりと眠るんだ。明日、また連絡する」

緑川と奥野は去って行った。

「私も引き上げることにします」

平井が言った。彼の眼はさきほどよりも生気に満ちて見えた。

彼は、本気で戦いを覚悟したのだ。暴力団と、法律を駆使して徹底的に戦うつもりなのだ。

どんな世界にいても、戦う男の眼というのはいきいきしている、と佐伯はそのとき思った。

「被害者の苦しみを、私は決して無駄にはしません」

平井はそう言って去って行った。

佐伯は、病院で夜を明かすことにした。


内村は、六本木の『ベティ』というクラブに電話をしてミツコというホステスを呼び出した。

内村とクラブのホステスという取り合わせはまったく不釣合いだった。

彼が電話したのは、ちょうど深夜の零時ごろで、『ベティ』の閉店時間は一時だった。一般に、銀座よりも六本木のほうが一時間ほど閉店時間が遅い傾向がある。

銀座のクラブは、たいていは零時には看板となる。

「久しぶり！　電話くれてうれしいわ」

ミツコは言った。

「お願いがあって電話したのですが……」

「今、どこにいるの？」

「職場ですよ」

「お店にきてくれるとうれしいんだけど……」

「そうですね……。うかがうことにします」

「本当？　内村さんがお店に！　信じられない！」

「誘っておいて、その言いかたは妙ですよ」

「ごめんなさい。あんまり雰囲気じゃないもんだから……」

「こちらがお願いごとをする立場ですから、礼は尽くしますよ」

「待ってるわ。じゃあね」

ミツコの勤める『ベティ』は、ロアビルそばの雑居ビルにあった。

ミツコの本名は、井上《いのうえ》美津子《みつこ》、年齢はまだ二十歳だった。

かつて、ミツコは極めつきの不良少女だった。

中学生のころから不良グループとつき合い始め、高校に入ったときにはいっぱしの札つきとなっていた。

対立グループとの喧嘩、オートバイでの集団暴走、トルエンや睡眠薬の密売とさかんに暴れていた。

彼女は、色がたいへん白く、肌が美しい。父方のほうに、アメリカ人の血が混ざっているということだった。

目鼻立ちは実に端正で、スタイルがすばらしくいい。見事な血のブレンドだった。

彼女は、女性のあらゆる美しさを兼ね備えている。

整った美しさばかりでなく、愛くるしさまで持ち合わせているのだ。

これほど美しく愛らしい少女を周りの男たちが放っておくはずはなかった。

さかんに荒れているとき、彼女は暴力団の構成員に眼をつけられ、やがていっしょに暮らすようになった。

彼女が十八歳のときのことだった。

ヤクザは、最初はたいへんやさしかったが、そのうち、ミツコを食いものにするようになった。

ただのヒモになったのだ。

ミツコは、そのときから水商売を始めたのだった。

当時、刑事としてそのヤクザ者の組をマークしていた佐伯が、ひと骨折ってミツコとヤクザを別れさせた。

そのとき、ミツコは、余計なお世話だと言って佐伯に食ってかかった。彼女は、そのヤクザと幸せに暮らしているのだと錯覚していたのだ。

しかし、時が経ち、世の中というものがわかるにつれて、彼女は佐伯に感謝するようになっていった。

今では、彼女は佐伯を恩人だと思っている。

内村は、クラブなどにはとても慣れているようには見えないが、『ベティ』では、なかなか堂々としていた。

というより、彼はどこにいてもまったく同じに振る舞うようだった。場の雰囲気のせいで萎縮するということがないのだ。

席に着くと、ほどなくミツコがやってきた。

内村はボトルを一本入れるよう頼んだ。

「それで……?」

飲みものを作り終えると、ミツコは尋ねた。

「話って何なの?」

「力になってほしいのです」

「あたしが？　内村さんの？」

「正確には、私ではなく、ある娘さんのために……」

「どういうこと？」

「ある女子高生が、ヤクザに誘拐・監禁され、襲われました。薬を打たれ、性的なおもちゃにされ、なおかつビデオに撮られたのです」

　ミツコは表情を変えない。じっと内村の話を聞いている。

「それで……？」

「佐伯さんが、その娘を助け出しました。今、病院に入っており、覚醒剤中毒の治療と、心理的な治療を受けることになっています」

「長年の常用者じゃないのだから、覚醒剤の中毒の治療はそれほどかからないでしょうね」

「そう思います。患者の意志が強く、禁断症状を乗り越えられる場合は治療が早く済むはずです」

「そうね。禁断症状は、三日から長くて一週間……。それに耐えられさえすればね。しかし、三日以上、あの苦しみに耐えられる人はあまりいないわ」

「経験があるのですか？」

「ないとは言わないわ。佐伯さんに助け出されるまで、あたしがどんな生活をしていたか知っているでしょう」

「だから、あなたにお願いに上がったのです」

「あたしに何をしろというの？　カウンセラーという柄じゃないわ。第一、あたしはその女子高生みたいな犠牲者じゃないわ。勝手にグレてたのよ」

「でも今は立ち直っておられる」

「水商売をそう言ってくれる人はあまりいないわ」

「彼女は、禁断症状から抜け出しても、性的暴行を受けたせいで、自暴自棄に陥るかもしれません。あなたはおそらく、そういうときに力になってやれる――私はそう信じているのですが」

「内村さん。聞きようによっては、すごくあたしをばかにしているお話よ」

ミツコは内村を睨んで見せた。とびきりの美女が鋭い眼つきをすると、独特の凄味があった。

だが、内村の態度はいつもとまったく変わらない。

佐伯がいつももてあます反応だ。内村は、まったく奇妙な話を聞いたように、きょとんとした表情で言った。

「なぜですか？　経験というのはどんなものであれ貴重だと私は考えています。その経験によって学んだことは、あらゆる人に共有できる知恵だと思うのですが……」

ミツコはとたんにあきれたような表情になった。

「あなたって、本当に変わってるわ……」

「よくそう言われるのですが、私は自分でちっとも特殊だとは思っていません」

ミツコは溜め息をついた。

「あたしは佐伯さんに助けられた。佐伯さんにはいくら返しても足りないくらいの恩があるわ。このへんで、佐伯さんやあなたに恩返しをしておくのもいいわね」

「佐伯さんは、必死でその少女を救おうとしています」

「わかった。あたしの出番がきたら声をかけてちょうだい」

「あなたにとって不愉快なお願いであることは充分に承知しております。感謝します」

「いいのよ。あたしのつまらない経験が人の役に立つなら……」

ミツコはほほえんだ。本心からのほほえみのように見えた。

彼女は男性の従業員に呼ばれ、他の席についた。

内村は、すぐに会計を済ませて席を立った。その間、彼は、たった一杯の水割りを飲んだだけだった。


夜が明けて電車が動き出すと、佐伯は一度帰宅することにした。

横浜山手の白石邸に着いたのは、朝の七時ごろだった。

いつものように、執事が出迎えた。

「お嬢さんは?」

佐伯は尋ねた。

「いつもの時刻にお出かけになりました」

彼は、佐伯が朝帰りした理由も尋ねなければ、今日の予定も訊きはしなかった。

ただひとこと、彼は尋ねた。

「朝食はいかがなさいます」

そう訊かれて、佐伯はひどく腹が減っているのに気づいた。

「食べる。そのあと、ちょっと仮眠をとってまた出かける」

執事はうなずいた。

「すぐ用意をいたします。食堂のほうへどうぞ」

テーブルに着くと、すぐに、二、三人前はたっぷりあるベーコンエッグが出された。厚焼きのトーストとともにそれをまたたく間に平らげた。

サラダとオレンジジュースもたっぷりととった。

だが、何よりありがたかったのはコーヒーだった。彼は、コーヒーを二杯飲んで、二階の部屋に戻った。

むしり取るように服を脱ぐと、ベッドにもぐり込み、あっという間に眠りに落ちた。

目を覚ましたのは三時間後だった。

部屋のすみにある洗面台で、歯を磨きひげをそった。三時間の熟睡でかなり気分が軽くなった。

実をいうと、先ほどまでは、憂鬱《ゆううつ》の虜《とりこ》になりそうだったのだ。

新しいワイシャツを着て、ネクタイをしめた。スーツは脱ぎ捨ててあったのをそのまま着た。

多少型が崩れ、しわになっているが、まったく気にしなかった。刑事時代からの習慣だ。

彼は、引き出しを開け、手製の手裏剣《しゅりけん》を八本取り出した。

『佐伯流活法』には手裏剣術も伝わっている。

佐伯は、その手裏剣を、ベルトの腰のうしろの部分に並べて差し込んだ。

その上から上着を着た。ズボンのポケットに数個のパチンコ玉を入れる。

そして、部屋を出て、また食堂へ行った。どこからともなく執事が現れた。

「お目覚めですか?」

「ああ。出かけるまえに、コーヒーをくれないか」

「かしこまりました」

たちどころにコーヒーが出てくる。

「うまい」

佐伯は一口すると言った。「ここで飲むコーヒーが一番うまい気がする」

「それは、佐伯さまが、ここを、居心地がいいと感じてらっしゃるからでしょう」

「ほう……。哲学的だな……」

「いえ、きわめて通俗的な意味でして……」

佐伯は笑いがこみ上げてくるような気がしていた。

「今日も長い一日になりそうだ」

　佐伯はコーヒーを飲み干した。「帰れるかどうかわからない」

　執事はきわめておだやかにうなずいた。

「わかりました。お気をつけて」


「戦いが始まりましたよ」

　昼過ぎに『環境犯罪研究所』へやってくると、佐伯は内村所長にそう報告した。

「戦い？」

「そう。中島律子にとっては、文字どおり必死の戦いです。そして、母親や担当の医師にとっても……」

「そうですね……。私は昨日、ミツコさんに会ってきました」

「ミツコに……？」

「中島律子の力になってくれるかもしれないと思ったのです」

　佐伯の眼がわずかに冷ややかになった。

「それは、ミツコにとって残酷な思いつきですね。そうは思いませんか？」

「そうかもしれません。ですが、われわれの話より、彼女の話のほうがはるかに説得力があるはずです」

「ミツコの出番がないことを祈りたいですね。つまり、彼女の説得など必要ないくらいに中島律子が順調に回復すればいい」

「そう。私もそう思いますよ」

「俺は俺の戦いを始めなければなりません」

「新聞は読みましたか?」

「いいえ、そういえばまだですね」

「テレビのニュースは?」

「いいえ」

「奥野さんと連絡もとっていない……?」

「ゆうべ別れたきりです。なぜです?」

「牛崎という男が、収容先の病院から逃走したそうです」

「逃げた……」

「彼は病院で二名の警官を拳銃で撃ってけがをさせています。警官の銃を奪ったのです。彼が持っている拳銃には、まだ一発弾が残っているはずです。彼が何を考えているかわかりますか?」

「当然です。彼は、この俺を狙っている」

佐伯は、考え始めた。「これは利用できるかもしれない」

14

佐伯は内村と打ち合わせをし、所長室を出ると、自分の机にすわった。

白石景子は、佐伯を見ると目礼をしただけで書類に目を戻した。

いつもとまったく変わらぬ態度だ。こうした干渉しない関係がこの『環境犯罪研究所』の特徴のひとつであり、佐伯はそれを好ましく思っていた。

佐伯は奥野に電話した。彼は出かけていたので、急ぎの用だと言って、無線かポケットベルで呼び出してもらい、電話をもらうことにした。

十五分後、奥野は『環境犯罪研究所』に現れた。

「電話でよかったんだ」

佐伯は言った。

「いえ、たまたまこの近くにいたもので……」

だが、佐伯には奥野の本心がわかっていた。彼は、白石景子に会う口実ができたと思い、いそいそとやってきたのだ。

佐伯はそんな奥野を非難する気にはなれなかった。むしろほほえましさすら覚えた。

佐伯は立ち上がって所長室へ向かった。

「こっちへきてくれ、奥野。詳しく話す」

奥野は白石景子に一礼してから、佐伯のあとに続いた。

白石景子は、優雅にほほえみを返した。


「俺は、関東パーツに、フロンを買いたいと話を持ちかける」

佐伯は説明した。

奥野はじっとそれを聞いていた。内村は、奥野の反応をそっと観察しているように見えた。

「そして、故意に無茶な要求をする。要するに因縁をふっかけるわけだ。すると、克東興産のときと同様、克東報徳会が乗り出してくるだろう。そこで俺は堂々と名乗りを上げる」

奥野は現役の刑事だけあって、たちまち理解した。

「牛崎進は、チョウさんを血眼になって探しているはずだから、チョウさんと克東報徳会のもめごとを必ず嗅ぎつける……。そこをつかまえる……。つまり、牛崎をおびき出すわけですか？」

「それでは芸がなさすぎる。克東報徳会にとって、牛崎はどういう存在だ？」

「はっきり言って、今や邪魔者ですね」

「その通り。お前が克東報徳会の組長なら、どうする？　組長は何といったっけな？」

「久礼隆二……。そうですね。牛崎にはできるだけおとなしくしていてもらいたい。余計なことをしでかさないでほしいと考えるでしょう。もちろん、もう、縁は切っているでしょうが、それでも、面倒なことが起こる可能性がある……。やつらはそれを歓迎しないはずです」

「そう。もっと言えば、邪魔者には消えてもらいたいと考えるはずだ。久礼隆二にとって理想的なのは、牛崎と俺がともに相討ちで死んでしまうことだ」

「つまり、そうした事態を演出する可能性がある……」

「その可能性を確実なものにするのが、お前たちの役割だ」

「わからないな……。どうやるんです？」

「牛崎を逮捕できれば、必ず克東報徳会の数々の犯罪を訊き出し、一気に組長を逮捕するところまでいけると思わせるんだ」

「牛崎を逮捕したところで、やつがしゃべるとは限りませんよ」

「すでに、いくつかのことはしゃべったというようなことを言ってプレッシャーをかけるんだ」

「信じますかね？」

「信じなくても不安になる。そして、じっとしていられなくなる。やつらが動いたとき、チャンスが生まれるような気がする」

「動かなかったら？」

「少なくとも、牛崎を見つけることはできる」

奥野は、佐伯の話を吟味しているようだった。

「いろいろな要素が出そろった」

佐伯は言った。「あとは、いかに腹をくって行動するかだと思う」

奥野は内村を見た。

内村と眼が合った。このとき、奥野は、内村の眼が意外に鋭いのに初めて気がついた。

奥野は尋ねた。

「それで、所長の判断は?」

「なぜ私に訊くのです?」

「今回の問題のそもそもの発端はあなたと、そこにあるあなたのコンピューターのような気がするのです」

「私のせいでいろいろな事件が起きたのだと……?」

「そうではありません。総合的にものを見ているのはあなただと思うのです」

内村は肩をすぼめた。

「私は、佐伯さんの判断を信じます」

奥野は佐伯を見た。

佐伯も奥野をまっすぐ見返している。かつての後輩を見る眼ではなかった。

佐伯は、対等の立場で、奥野の評価を待っているのだ。

奥野はそれに気がついた。それによって、新たな力が自分にそなわったような気がした。

彼はうなずいた。

「わかりました。やりましょう」

克東報徳会の事務所に牛崎が現れた。

彼は、まったく、いつものような態度だった。

しかし、周囲の反応が違った。

若い衆は明らかにあわてていたし、代貸の仲堀栄一は厳しい眼を向けていた。

「そこで待ってろ」

仲堀は牛崎にそう言うと、組長の部屋へ入って行った。

「組長《オヤ》っさん。牛崎のやつが、事務所へやってきたんですが……」

組長の久礼は苦い表情になった。

「あいつは自分のやったことがわかってねえのか？」

「どうします？」

久礼は考えた。

「叩き出せ。破門したんだ。もうあいつに用はねえ」

「いや、組長《オヤ》っさん……」

仲堀は言った。「あいつは、ここしか頼るところがなくてやってきたんだ」

「だから何だ？　俺たちゃ慈善事業をやってるわけじゃねえんだ」

「わかってます。だが、これまで牛崎はよくやってくれた……。このまま縁を切って放り出すってのは……」

「ばか言ってんじゃねえ。あいつが警察《ヒネ》にパクられてからじゃ遅いんだ」

「破門についちゃ、私からよく言っておきます。話だけでも聞いてやっちゃくれませんか？」

「話だと？　何の話だ？」

「どうして警察官を撃ってまで逃げなきゃならなかったのか……。これから、どうするつもりだったのか……。聞いておくべきだと思うんですが……」

「考えが足りねえだけだよ」

「何か理由があるはずです」

久礼は油断のない眼つきで仲堀を見つめ、しきりに考えているようだった。

やがて、彼は言った。

「いいだろう。呼べ」

仲堀は頭を下げた。

長いつき合いだとはいえ、組長に意見するのはご法度なのだ。

仲堀はドアを開けて牛崎を呼んだ。

牛崎はすぐにやってきて、久礼の机の正面に立った。

彼は、背筋をぴんと伸ばすと、深々と頭を下げた。

「すいません。不手際をやりました」

久礼は、腹を立てていた。牛崎が失敗をしでかしたことよりも、そのあと、のこのこと組事務所に顔を出したことが許しがたかった。

今、警察に踏み込まれたらたいへん面倒なことになる。久礼にまで迷惑がかかるのだ。

一刻も早く牛崎を追っ払いたかった。できれば、口を封じてしまいたいとまで考えた。

しかし、彼はその気持ちを顔に出さなかった。

久礼はきわめて狡猾で、組員に対して、面倒見のいい組長《オヤ》と思わせることに成功していた。

「どうしてこんなことになった」

彼は、感情を抑えて言った。「話してみろ」

「佐伯だ」

牛崎はいきなり言った。「佐伯が現れたんです」

「佐伯だと……?」

久礼はぴんとこなかった。

「元刑事《デカ》の佐伯です。本家から回状が回ってきてたでしょう」

久礼は、わずかに身を乗り出した。

「あの佐伯か？　佐伯涼……」

「そうです。やつが、克東興産に電話をかけてきて……」

彼は、その夜、起こったことを詳しく話した。

久礼は相槌も打たず、じっと聞いていた。仲堀も同様だった。

仲堀は、ひどく難しい顔をしている。

牛崎が言った。

「自分は、この手で佐伯を始末します。今はそのことしか考えていません。そのために、警察の手を逃れてきたんです」

久礼は思わず仲堀の顔を見ていた。まったく同時に、仲堀が久礼を見た。

ふたりの眼が合った。

眼を牛崎に戻すと、久礼は言った。

「瀬能《せのう》組、泊屋《とまりや》組、艮《うしとら》組……。みんな佐伯にやられた。坂東連合は、やつに煮え湯を呑まされ続けている。それを知ってて言ってるんだろうな？」

「知ってます」

「お前、本当にやつを殺《や》れるのか？」

「自分はそのことしか考えていません。もうそれしか残されていないんです」

警官を撃って逃げ出すというのは、言うまでもなく暴挙だ。

しかし、牛崎があえてその暴挙に出たのは、彼なりの理由があってのことだと久礼は理解した。

彼は言った。

「拳銃を奪ったと報道されてたが、それはどうした？」

牛崎は、ベルトに差していたリボルバーを取り出した。

「まだ、弾が一発だけ残ってます。こいつを佐伯にぶち込んでやります」

久礼はうなずいた。

「話はわかった。ちょっと外してろ」

牛崎はまた、深々と礼をして組長室を出て行った。

「佐伯の野郎が現れたのなら、私だって同じことをしたかもしれません」

仲堀が言った。

「本家の毛利谷一家は、佐伯をどうにかしなくちゃならねえと考えている。だが、未だに佐伯が無事でいる。なぜだと思う」

「そうですね……」

仲堀は考えた。「やつが手強い男であることは確かです。元刑事という点が彼の強味だと思います。つまり、たいていの素人は俺たちが何を考え、どういうことをするのか正確には知りません。だが、佐伯はそれを知り尽くしている……」

「それだけじゃねえ。俺たちが一番気になるのは、やつが本当に警察と切れているのかどうかはっきりしない点だ。それが問題なんだ」

「本当のところは、どう思います？」

「切れてるかもしれねえ……。だが、万が一切れてなかったら……。だから、本家もうかつに手を出せずにいる。ヤクザが警官を殺したりしたら、警察だって黙っちゃいねえ。やつら、本気になる。ヤクザ者と警察の不文律ってやつが破られたことになるからだ」

「わかります」

「そんな危ない橋をわたるばかはいねえ。だが、本家は佐伯を片づけたいと思っていることは間違いねえんだ」

「はい……」

仲堀は久礼の考えを読み切れず、慎重に返事をした。

「佐伯を克東報徳会が始末したとなると、本家はどう思うかな？」

「そりゃあ……」

仲堀は言った。「本家も一目おくかもしれません」

「坂東連合のなかで、俺たちの立場が上がると思わねえか？」

「その可能性はおおいにありますね……」

「よし」

久礼は決意した。「おもしろい。牛崎と佐伯をぶつけてみようじゃねえか。牛崎を安全なところにかくまってやれ。佐伯の動きを若い者《もん》にさぐらせて連絡してやるんだ」

「もし、牛崎が佐伯にやられちまったら？」

それを聞いて、久礼は、ひどく冷酷な笑いを浮かべた。

「それはそれで好都合じゃねえか？」

仲堀は奥歯を嚙みしめたが、何も言い返さなかった。自分たちの稼業はそういうものなのだと自分に言い聞かせた。

彼にはそれくらいの分別はあった。

「フロンを大量に買いたい。値段はそちらの言い値でいい」

佐伯は、『環境犯罪研究所』の自分のデスクから関東パーツに電話してそう言った。

電話の相手は営業担当の責任者で、榊原《さかきばら》という男だった。営業部長と名乗った。

「当社では、さまざまな理由で、ただいまフロンを扱っていないのです。申し訳ありませんが、よそを当たっていただけませんか？」

この男は堅気だと佐伯は思った。

関東パーツというのは、もともと、克東運輸に出入りしていた業者だった。克東興産などと事情が違い、堅気の会社だったのだ。克東報徳会も、フロンの件がなければ触手を伸ばさなかったに違いない。

佐伯は、相手を少々気の毒に思いながらも、凄む調子で言った。

「損はさせねえって言ってるんだ。言い値で買うと言ってるだろう。買い占めて値を釣り上げるのはいいが、売らなきゃ何にもならんだろうが……」

「失礼ですが、おっしゃっている意味がわかりかねます……」

「白ばっくれてんじゃねえよ。金はある。あんたで話がわかんねえっていうなら、克東報徳会の久礼に電話してもいいんだ」

「本当に何のことやら……」

「俺は佐伯ってもんだ。十分後にもう一度電話するから、よく考えておくんだな」

佐伯は電話を切った。

白石景子がちらりと佐伯を見た。どこかおもしろがっているような表情だった。

「これが地なんて思わんでくれ」

景子はほほえんだだけだった。

その景子の内線電話が鳴った。電話に出ると景子は佐伯に言った。

「所長がお呼びよ」

佐伯は席を立って所長室へ行った。ノックをしてドアを開けると、内村はやはり横顔を出入口のほうに向け、コンピューターのディスプレイをのぞき込んでいた。

「お呼びですか？」

佐伯が声をかけると、まるで子供がいたずらを発見されたような表情で佐伯のほうを見た。

この無防備な態度が演技なのかそうでないのか、佐伯はまだ判断できずにいる。

内村が正面に向き直った。

「地検特捜部が動きます」

「ほう……？」

「材料がそろい、早ければあさってには、克東運輸本社の家宅捜索を行ないます」

佐伯は、驚いた。

「家宅捜索の日取りというのは、捜査上の秘密のなかでも最たるものです。その予定が洩れたら家宅捜索の意味がなくなるからです。どうやってその情報を手に入れたのですか？」

内村はかすかに笑った。

「私たちには、心強い味方がいる。そういうことだと思いますが……」

佐伯はそれ以上追及しなかった。

内村は必要なことしか、あるいは、自分が必要だと思ったことしか話さない。

そして、たいていその判断は正しいのだ。

内村は環境庁だけでなく、警察庁や外務省などでも働いた経験があるという。これは、国家公務員ではかなり特殊な例だった。

その経歴から見ても、内村は謎に満ちている。

いつかはその謎を解き明かしたいと佐伯は考えていた。

だが、今、佐伯が考えるべきことは他にあった。

彼は言った。

「今日を入れて丸二日。充分だと私は考えています」

内村はうなずいた。

「けっこう」

「地検特捜部の手助けをしてやりますよ。では……」

佐伯は所長室を退出した。


克東報徳会の若い衆が、関東パーツの榊原からの電話を受け、まず、代貸の仲堀に判断をあおいだ。

仲堀は迷わず組長のところへ知らせに行った。組長の久礼は電話に出た。

榊原の話を聞いた久礼は念を押した。

「間違いなく佐伯と名乗ったんだな?」

「はい」

「ちょっと待ってくれ」

久礼は電話を保留にして、仲堀に言った。

「こいつは、飛んで火にいる何とやらじゃねえか？　佐伯をおびき出すまたとないチャンスだ。さて、どこに呼び出したらいいかな？」

仲堀がこたえるまでそれほどかからなかった。

「芝浦の倉庫がいいでしょう。実際にフロンを隠してある倉庫です。人目にもつかない」

「時間は？」

「今夜の深夜零時」

「いいだろう。牛崎に伝えておけ」

「はい」

仲堀が部屋を出ると、久礼は、電話をつなぎ、言った。

「待たせたな。取引の場所と時間を言う。佐伯に伝えてくれ」

15

牛崎は、新大久保から新宿歌舞伎町にかけて密集しているラブホテルのひとつに潜伏していた。

そのホテルは、克東報徳会の息のかかったものだった。

仲堀は、電話ではなく、直接牛崎を訪ねた。代貸が直々にやってきたので、牛崎はたいへん恐縮した。

仲堀は、佐伯から関東パーツに電話があったことを話し、佐伯をおびき出したことを説明した。

牛崎はうなずいた。

「その倉庫は知ってます。夜の十二時ですね？」

「ああ、そうだ」

「恩に着ます。これで、自分の男が立ちます」

ふと仲堀は眼を伏せた。

「なあ、牛崎よ……。俺はお前に済まないと思ってる」

牛崎はこの言葉に驚いた。彼は、無言で代貸の顔を見つめた。

仲堀はしみじみとした調子で言った。

「俺はお前を破門になどしたくないんだ。だが、組のためを思うとそうも言ってられねえ。怨まれてもしょうがないと思ってる」

「こう言っちゃなんですがね」

牛崎は、かすかに笑いを浮かべて言った。

「正直言って、そんなことはどうでもいい気分なんです。自分は佐伯ともう一度戦いたい。このままやつを放っておいて、おめおめ生きていく気になれんのです」

「お前、死ぬ気か？」

「そうじゃありません。本当に、どうでもいいという気持ちなんです。じゃなきゃ、警官を撃ったりはしません」

確かに、牛崎はきわめて残虐な男ではあるが、ただ単に粗暴なだけではなかった。

その点は仲堀も充分に承知していた。

「そうか……。これ以上は、俺も何も言ってやれねえ。だが、くれぐれも命は粗末にするな」

「すいません。いろいろとありがとうございます」

仲堀は、うん、とうなずくと、出入口に向かった。

彼は振り向かず部屋を出てドアを閉めた。廊下を歩きながら、彼は考えた。

(俺が牛崎に言ってやったことは本心だったのだろうか?)

彼はそれすらもわからなくなっていた。人をあざむき続けているうちに、何が本音か自分でもわからなくなっていたのだ。

(それが、この稼業だ)

仲堀は、それ以上牛崎のことを考えるのをやめることにした。

刑事たちが克東報徳会の事務所にやってきたのは、仲堀が戻ってほどなくだった。

所轄の刑事二人に加え、緑川と奥野がいた。

少人数なのは、家宅捜索ではなく、あくまでも訊き込み捜査だからだ。

所轄の刑事が必要なことを組員たちから訊いた。

こういうとき、組員はしゃべるなと教育されている。

結局、刑事たちは、組長に話を聞かなければならないが、堂々と居留守を使う場合もある。

令状がない限り強制力はないことをヤクザたちは知っている。一般人は、刑事が訪ねてくると、それだけで驚き、何でもしゃべらなければならないような気になってしまう。

暴力団は犯罪の専門家なので、法や、警察の捜査のやりかたに詳しい。

それだけ捜査がやりにくい相手なのだ。

この日も、結局、刑事たちは目新しいことを何ひとつ訊き出せなかった。

だが、刑事たちの目的は別にあった。

四人の刑事は、何とか組長に会うことができた。

その場には代貸の仲堀も同席していた。

所轄の刑事が通りいっぺんの質問をしたあと、緑川が言った。

「われわれは、牛崎進を必ず逮捕する。そして、やつから興味深い話が聞けたら、令状を持ってくるから首を洗って待っていろ」

緑川の口調は淡々としていた。そのほうが真実味があり、圧力をかけることができる。

組長の久礼は、余裕の笑いを浮かべた。

凄味のある笑いだ。眼が底光りしている。

「刑事さん。そういう言いかたはないでしょう。私ら、こうして協力しているんだ。

確かに牛崎という男はうちの組にいたことがある。だが、今は縁を切ってるんだ。あいつがやったことについちゃ、私ら何も知らない」

「あんたがそう言うだろうということは想像していた。これまで、そういう言い訳が堂々とまかり通ってきた。だがな、そういう点も変わりつつあるんだ」

「そういうもんですかね？」

「暴対法が成立・施行された。あんたらは、あの法律をザル法だと思っているだろう。確かにあの法律自体にそれほどの力があるとは思えない」

「たまげたな。刑事さんがそんなことを言っていいのかい？」

「法律そのものには限界がある。だがな、組長。暴対法が成立するまでの議論は無駄じゃなかった。あんたらはヤクザにも人権があると主張する。それを楯に法の抜け穴を見つけてきた。罪を犯した組員を破門にして涼しい顔をしていられたのも、人権というお題目をとなえて、捜査の盲点をついていたからだ」

「話が難しいな。私らにゃ何のことか理解できねえ」

「いや、理解できる。お前たち極道は、こういう話が得意なんだ。まあ、聞けよ。人権の話だ。暴対法を成立させるに当たって、関係者はヤクザの人権をどう考えるかについて議論した。法律家も考えたし、俺たち現場の人間も考えた。政治家も考えた。それでひとつの結論が出た。基本的人権はすべての人間に平等だ。ヤクザだろうがサラリーマンだろうが、基本的人権というのは保障されなけりゃならん。だがな、ここからが大切なんだ、人権すべてが平等なわけじゃない。犯罪者と、善良な市民の人権がまったく等しいと見なされるのは、ひどい不公平だ。そうだろう。だから、人権というのは、人それぞれによって大きくなったり小さくなったりして当然だという解釈に落ち着いたわけだ。これを人権伸縮論というのだがな……。さて、暴力団は犯罪を目的とした集団だと定義されている。つまり、一般市民の基本的人権をもおびやかす存在だ。今後、警察は、人権伸縮論に従って、気合いを入れて取り締まる」

「大きく出ましたね」

久礼はまだ余裕を失っていない。

警察が人権伸縮論を全面的に受け容れているかどうかは疑問の残るところだ。また、受け容れるべきかどうかについては、さらに議論の余地がある。

緑川はそれを充分に承知していたが、あえて、言い切ったのだ。

はったりといってよかった。しかし、この場は、はったりで充分なのだ。

久礼にプレッシャーをかけることが目的なのだ……。

「それであんたの話だ。女子高生を誘拐・監禁して集団で暴行し、ビデオを撮っていたあんたんとこの組員は押さえた」

「元組員だ。あいつらも今は、克東報徳会とは何の関係もない」

「だから、われわれはもうそういう言い訳ができないように、検察と話し合うつもりだ。そして、あの若い衆を徹底的に締め上げる。さて、どの程度の根性があるか、楽しみだな……」

「何を訊き出そうが、私の知ったこっちゃないね」

「そして、重要なのは、牛崎進だ。やつは、警官から銃を奪い、その銃で警官を撃った。傷害その他の前科もある。凶悪犯だ。私らは必ず逮捕する。だが、私たちにとって、やつが重要なのは別の意味で、だ。わかるか？　牛崎は、あんたの犯罪を必ず証明してくれると、われわれは信じているんだ」

「ばかな……」

久礼は鼻で笑った。

「そう思うか？　警察にとって、自白だけがすべてではない。訊問にはテクニックが必要だが、われわれはそのテクニックを心得ている。容疑者が、しゃべったと気づかぬうちに、必要なことを訊き出している場合も多い」

「あんたが言うことが本当なら、暴力団はどんどんつぶれてるよ。だが、暴対法でつぶれた組はねえ。このところ解散する組が多いのはバブルがはじけたせいだ」

「そう。これまではそうだった。長期政権を維持していた保守党が暴力団を擁護していたからな。だが、その長期安定政権も終わった。政治家たちはもう暴力団を守ろうとしない。世の中、変わっていくんだよ」

久礼は、相手にできないといった表情でかぶりを振った。

しかし、実のところ、彼は落ち着かない気分になってきていた。

追い打ちをかけるような調子で、緑川が言った。

「牛崎が脱走した理由はわかっている。やつは佐伯を殺そうとしている。ヤクザ者が、もと同僚を消そうとしているんだ。私たちは、そういうまねを決して許さない」

「いいたいことはそれだけか、刑事さん」

緑川はたっぷりと間を取ってから言った。

「それだけだ。ちゃんと伝わったことを祈るよ。あんたのためにもね」

緑川はくるりと背を向けて、出入口に向かった。

所轄の刑事二名と奥野はそのあとに続いた。出入口のところで奥野は久礼の眼を見すえて言った。

「佐伯涼という男に手を出すと、きっと後悔することになる」

刑事たちは出て行った。

ドアが閉まると、久礼は毒づいた。

「犬どもがなめやがって……」

じっと話を聞き、考え込んでいた代貸の仲堀が言った。

「どうします？」

「ふん、どうせはったりだ……」

そうは言ったものの、久礼は少々不安を感じていた。

仲堀はそれを感じ取った。彼は自分が考えなければならないと思った。

「しかし、警察は、牛崎のやつが佐伯を狙っていることを知っていた。警察が佐伯の周囲を警戒しているとしたら、牛崎は佐伯を殺《と》る前につかまっちまいます」

緑川の言葉に腹を立てていた久礼は、仲堀に言われて、にわかに慎重になった。

久礼は不機嫌そうな表情になった。

仲堀は、彼が急にそういった顔つきになるのは、何か不愉快なことを決意したときだということを知っていた。

久礼は言った。

「信用できるやつを何人か用意しろ。肝のすわったやつだ」

「どうするんです？」

「牛崎を警察にわたすわけにはいかない。何かしゃべられると面倒だ。克東報徳会だけでなく、本家にまで迷惑がかかるおそれがある」

「どういう意味です……？」

「牛崎を消すんだ」

仲堀は、長年この稼業をやっているので、組員を始末するくらいのことは何とも思っていないはずだった。

しかし、やはり牛崎を消すと言われ、衝撃を覚えた。この非情さの差が、集団の長になれるかなれないかの差でもあった。

「佐伯はどうするんです？　放っておくんですか？」

「いや、この機会に佐伯も殺す。いいか、タイミングがすべてだ。うまくやらなくちゃならん。佐伯を芝浦の倉庫におびき出す。それを牛崎が待ち伏せしている。だが、われわれの手の者が牛崎が行く前に、倉庫のなかに潜んでいるんだ。機を見てふたりとも消す」

「そいつは至難の技ですね」

「だがやらなきゃならん」

「そんな難題をやりおおせるやつは、私をおいていません」

「お前が……？」

「若い衆なんぞにやらせてミソつけたら、それこそ組の命取りですよ」

久礼はじっと仲堀を見つめた。

別に感動しているわけではない。彼は、値踏みをしているのだ。仲堀にやれるのだろうか、と考えている。

体力は衰えているはずだ。動きも鈍くなっているだろう。

しかし、大仕事というのは、体力よりも肝がすわっていることが大切なのだった。

タイミングを逃さない決断力や判断力も重要だ。

そして、そういう点では、仲堀は若い衆よりずっとすぐれている。

やがて、久礼はうなずいた。

「いいだろう。たのむ」

仲堀は、トカレフ自動拳銃をベルトに差して上着を着た。

腕の立つ若い衆を何人か連れて行こうかと考えた。

しかし、そのうちのひとりが何か失敗をしでかしたら、計画すべてがだめになってしまう。

暗殺は単独で行なうほうがいい。彼は結局、ひとりで行くことにした。

夜の八時に、彼は牛崎がまだ部屋にいることを、ラブホテルの従業員に電話して確かめた。

すぐに事務所を出た。

組の車は使わず、タクシーを使って芝浦へ向かった。

事務所に残っていた若い衆は、車は必要ないと言って出かけた幹部を、そのときだけ訝《いぶか》しんだが、気にし続ける者はいなかった。

彼は倉庫に着くと、出入口の位置が見え、なおかつ、自分の姿がすっかり隠せる場所を探した。

こういう場所に立ったとたん、経験のない者は何をしていいかわからなくなる。若い衆と仲堀とでは、やはり違う。

待ち伏せを始める時点で暗殺はすでに始まっているのだ。仲堀はそのことを知っていた。

難しいのは、佐伯がおびき出されてやってくるだけではなく、それを待ち受ける牛崎がいるという点だった。

仲堀は、双方に気づかれぬように気をつけなければならない。

さらに、逃走路の確保も重要な点だった。

彼は、それらさまざまな点を考慮して、積み上げられている荷の上に登った。

フロンの缶は、その木枠で支えられた荷のなかに埋めるような形で隠してある。

荷は、さまざまな自動車部品の類だった。それが箱に詰められ、さらに、ひとかたまりにされて、木の枠でしっかりと固定されている。

その荷の上に登ると、高い位置にある窓に何とかとどいた。

飛び降りるのにはちょっと勇気のいる高さだが、足を折るほどではない。

仲堀は、いざというときの逃げ場所に、その窓を選んだのだ。

そして、荷の上からは、出入口と、入ってすぐの広いスペースを楽に見下ろすことができる。

下からは死角になって見えない。

仲堀は、その場所に満足して、腰を下ろすと、じっと待機した。

佐伯は、ベルトの腰に差し込んであった八本の手裏剣のうち、一本を抜き出し、刃の先をそっとなでてみた。

手裏剣というのは、ナイフのように鍛えた刃がついているわけではない。いってみれば五寸釘を打ちつけるのに似ている。

それ故に、手裏剣は『投げる』とは言わず、『打つ』というのだ。

ずっしりとした手裏剣は、中央より、やや前のほうに重心があった。先は鋭く研がれている。

佐伯はその手裏剣をベルトに戻すと、立ち上がった。

すでに白石景子は帰宅していなかった。

所長室には内村がまだいるはずだった。ここ何時間か姿を見ていない気がした。

午後十時だった。

佐伯は『環境犯罪研究所』をあとにすると、やはりタクシーで芝浦へ向かった。


「一発あれば充分だ」

午後十時には、牛崎はまだラブホテルにいた。早くに行って倉庫の周りの様子を見たいのはやまやまだった。

しかし、彼は指名手配されている身だった。長時間外をうろつけば、それだけ警察に見つかる可能性が増す。

彼はリボルバーの輪胴《シリンダー》を外し、一発だけ弾が残っているのを確かめた。空の薬莢《やっきょう》は捨てた。

「こいつはとどめに使う」

彼はつぶやいた。

いきなり、銃で撃ち殺すつもりはなかった。彼のプライドがそれを許さなかった。そして、彼はプライドのために、佐伯に再戦を挑もうとしているのだ。佐伯と戦い、彼を倒し、その上で撃ち殺すのだ。

佐伯が命乞いをする姿を想像して、彼は、ほとんど性的な興奮を感じていた。

牛崎は匕首を懐に差し込んだ。九寸五分の短刀は、佐伯を殺すためでなく、無力化したあとに、いたぶるために必要だと、牛崎は考えていた。

恐怖にひきつり、苦痛にのたうちまわる佐伯を想像して、牛崎は、さらに興奮をつのらせた。

彼は時計を見た。気持ちがはやってしかたがなかった。

十一時までには倉庫に着いていたい。彼はそう考え、あと三十分待って出かけることにした。

16

佐伯は、十時三十分には指定された倉庫に着いていた。

二百メートルほど手前でタクシーを降り、徒歩でそっと近づいた。

倉庫の周囲の様子を見て回る必要があった。組員たちに囲まれては、いくら佐伯でも生きては帰れない。

倉庫の周囲を見て回ると、倉庫の出入口に立ち、なかの様子をそっとうかがった。まず扉越しに、なかの物音をさぐる。

まったく音がしない。倉庫には、大きな扉がついており、その扉に、また小さな出入口があった。

その小さな出入口のドアを静かに開ける。用心したつもりだが、錆びついた蝶《ちょう》番《つがい》が悲鳴のような音を上げた。

佐伯は、右手に手裏剣を構えてゆっくり闇のなかを移動して行った。手裏剣を中指に沿うようにてのひらに乗せ、人差指、薬指、親指で支えている。

拳銃にはとてもかなわないが、飛び道具があるというだけで心強い。

佐伯の手裏剣は、十メートルを越えると、あまり威力を発揮しないが、八メートル以内なら、絶大な威力を発揮する。

実は、十メートルを越えるとあてにならないのは、拳銃も同じなのだ。常に十メートル以上離れた的に拳銃を命中させられるのは、拳銃に日常的に慣れ親しみ、訓練を続けている人間だけだ。

素人が拳銃を持った場合、五メートルでも当たらないことがある。

佐伯は慎重に少しずつ進み、闇のなかの気配をさぐった。

荷の上に潜んでいた仲堀は、佐伯が入ってきたときも、少しもあわてなかった。もともと肝がすわっている上に、今、彼は腹をくっていた。

暗くて誰がやってきたのかはよく見えなかった。だが、それが牛崎でないことだけはわかった。

長年、同じ組でいっしょにやってきた仲だ。牛崎なら背恰好でわかる。

牛崎でないということは、佐伯だということだった。

仲堀は、落ち着き払っていた。

用心深い男なら、約束の時間の前に下見にくるはずだと思っていたし、彼のほうがはるかに有利な場所にいる。しかも、彼はトカレフ自動拳銃を持っているのだ。そのせいで、彼はまったく緊張しなかった。落ち着いて、心を平常に保ち、闇に潜んでいた。

そうなると、気配も乱れない。

佐伯ですら、そこに仲堀がいることに気づかなかった。

佐伯は、倉庫のなかを点検し、最後に積み上げられた荷を見上げた。

荷の上は人が隠れるには絶好の場所に思えた。しかし、問題は、せいぜいひとりしか潜むことができない点だった。

何人もの人間が隠れることは無理だった。たったひとりで暗殺をくわだてるのは暴力団のやりかたではないような気がした。それで、佐伯は荷の上を無視することにした。

もし、組から送り込まれる使い捨ての暗殺者、いわゆる鉄砲玉が隠れていたら、その緊張が気配の乱れとして伝わってくるはずだ、と佐伯は考えた。

鉄砲玉は、異常なほど緊張するものだ。佐伯には、そうした気配は感じられなかった。

彼は満足して倉庫の外に出た。物陰に隠れて、倉庫に出入りする人間を見張るのだ。

彼が、物陰の暗がりに隠れてしばらくすると、革底の靴でコンクリートの地面を歩く足音が聞こえてきた。

佐伯は、倉庫の前に立つ水銀灯が近づいてくる男の顔を照らし出すのを見た。

間違いなく牛崎だった。


牛崎は、ベルトの脇腹のところに、リボルバーと匕首を差し込んでいた。左側に匕首、右側に拳銃だ。

その感触が何とも心強かった。

彼も仲堀とは少し違った意味で腹をくくっていた。

牛崎は、未来のことをまるで考えていなかった。ただ、佐伯と勝負をして、殺すことしか考えていない。

思えば、これまでもそうだったのかもしれない。後先のことなど考えていたら、ヤクザ者などにはならなかったかもしれない。

　彼は、先ほどの佐伯と同様にゆっくり慎重に出入口の扉を開けた。

　彼は倉庫に入り、なかを見回した。その態度は、佐伯よりずいぶんと大胆に見えた。

　仲堀はその姿を眺めていた。

　もう心が痛んだりはしなかった。今は、自分の役割を果たすことが大切だった。でなければ、今度は、自分が誰かに消されるはめになる——仲堀はそう考えていた。

　これまで、そういうことが何度もあった。ヤクザの世界は殺し合いが日常だ。金のためなら身内を平気で殺す。

　牛崎は、拳銃を出して構え、歩き回っていた。

　やがて、彼は出入口の近くにあるスイッチを見つけて、倉庫内に明かりをつけてみた。

　そうして、もう一度内部を眺め回す。

　満足すると、彼は明かりを消し、闇のなかでたたずんでいた。

十二時きっかりに、佐伯は再び倉庫をおとずれた。用心深く出入口のドアを開けて、足を踏み入れる。

いきなり明かりがついた。

明かりのスイッチのところに牛崎が立っていた。

牛崎は、じっと佐伯を見すえている。その眼は、仄暗い明かりの下で輝いて見えた。

だが、顔は完全に無表情だった。

怒りの色もなければ、喜びの表情でもない。

佐伯は言った。

「おかしいな。場所を間違えたかな？　俺は商売の話をしにここへ来たんだがな……」

牛崎は、絞り出すような口調で言った。

「佐伯……。てめえは、今、この時点で、おれの人生のすべてだ」

「男にそういうことを言われてもうれしくはないな。プロポーズの台詞《せりふ》に取っておけよ」

牛崎はゆっくりと明かりのスイッチのある壁際を離れ、入口正面の広い場所へ移動した。

佐伯は、牛崎の言葉の意味を充分理解していたので、決してあなどれないと思っていた。

牛崎は、生き死にを捨てて佐伯にかかってくるはずだ。

どんな人間でも、そういう状態になったときはおそろしい。そして、牛崎は普通の人間ではない。

実戦の経験を豊富に積み、おそらくは、人も殺しているヤクザなのだ。捨て身のヤクザは、確かに面倒な相手だった。

牛崎の体から、ぴりぴりとした静電気のような感じが伝わってきた。彼は臨戦体勢に入っているのだ。

戦いの準備に後れを取るわけにはいかなかった。

佐伯は、わずかに左足を引き、やや半身になった。腰は高いままだが、心の重心をぐっと落としている。

気を、下腹の臍下丹田《せいかたんでん》に集中させているのだ。

そうすると、下肢を曲げて腰を低く構えるよりも安定する。

空手や拳法の構えよりも、剣術の構えに似ている。

両手は垂れたままだ。

佐伯は、足もとの感触を確かめていた。

床はコンクリートの打ちっぱなしだ。アスファルトより弾力がない。

踵を浮かすボクシングなどのフットワークには問題ないが、中国武術の八極拳や陳家太極拳などのように、強く踏み込むような武術には向かない。

本来、八極拳や陳家太極拳などは、石の上で行なっても足を痛めないように鍛練するのだが、そのためには、何年も、あるいは何十年もかかる。

未熟な者がコンクリートの上で、中国武術の強い踏み込みをすると、たちまち足を痛めてしまう。

『佐伯流活法』の運足は、ボクシングのフットワークとも中国武術系の踏み込みとも異なる。

また、剣道や空手道ではすり足が大切だと言われるが、そのすり足とも多少違う。

『佐伯流活法』では、すり足のように決して足を上げずに運ぶが、そのとき床をこするように移動はしない。

足を床にこするように移動するすり足は、あくまで、板張りや畳の道場での運足だ。実戦の場は、足もとが平坦とは限らない。

むしろ、雨ですべりやすかったり、ぬかるんでいたり、砂地であったり、またごつごつとした岩肌であったりする。

すり足をしようと思ってもできない場合が多いのだ。

『佐伯流活法』は常に実戦を想定して練り上げられている。その運足は、言ってみれば、ボクシングのフットワークと空手のすり足の中間のような感じだ。

ステップは踏まないし、足をこするわけでもない。地面の上すれすれを素早く移動していくのだ。

それは、まるですべるような足運びに見える。

実は、プロの喧嘩師たち――ヤクザなどの暴力の専門家は、習ったわけでもないのにこうした足運びになる。

もっとも実戦的な運足法なのだ。

牛崎は、闘気をみなぎらせたまま、じりじりと詰めてくる。

一気に近寄ったりはしない。ほんの、一センチか二センチずつ、詰め寄ってくるのだ。

これは牛崎が間合いのおそろしさを知っていることを物語っている。

間合いというのは、ほんの一寸の詰めが大切だと、昔から言われているが、その一寸の進退が必要かどうかは戦う本人にしかわからない。

間合いというのは、物理的な距離よりも、むしろ心理的な距離なのかもしれない。

佐伯は退《さ》がらなかった。

近よってくる相手に対し、退がらずにいるというのは、攻めていることを意味している。

受身に回っている場合は、近づかれるままに、ずるずると退がってしまう。

自分の間境《まざかい》を意識して、相手が詰めてくるのを待ち受けているのだった。

いわば、弓を引き絞った状態で相手を誘っているのだ。

そういう状態でないと見切りはできない。そして、『佐伯流活法』の極意は見切りなのだ。

この場合の見切りというのは、相手の攻撃をぎりぎりのところでかわすという距離の見切りではない。

相手の技の出際を見切るタイミングの見切りのことだ。

つまり、相手の技が出てくる瞬間を制するのだ。

牛崎は、左前の半身だ。

佐伯は、この間の詰めかたを見て、牛崎がただの喧嘩好きでないことを悟った。

格闘技か武道をみっちり修練したことがあるに違いなかった。

喧嘩のプロたちは、格闘技や武道など役に立たないと考えている場合が多い。喧嘩に大切なのは、度胸と場数だ。

それは、ある意味で正解だ。実戦の裏づけのない武術は、すべて生兵法だといえる。

だが、武術というのはもともと先達が血まみれの実戦によって練り上げてきた体系だ。それが喧嘩に役立たぬわけはない。

大切なのは、どういう気持ちで武術を使うか、なのだ。常に危機感を持って修練していれば、その技は威力のあるものとなるはずだ。

そして、危機感を持つのにもっとも手っ取り早い方法は、実際に喧嘩をすることだ。

牛崎は、武術、あるいは格闘技を喧嘩で練り上げているのだった。

これは手強《てごわ》い、と佐伯は思った。

佐伯は牛崎に言った。

「素手でくるのか？　お前たちヤクザは度胸がないから、必ず武器を持っているものと思っていたがな」

佐伯は、言葉で挑発し、牛崎を動揺させようとした。
だが、牛崎は乗ってこなかった。言葉を返そうともしない。
「よせよ。入れ込み過ぎだ」
佐伯がそう言ったとたん、牛崎の体がゆらりと動いた。
そのとたんに、佐伯は、目の前でフラッシュを焚かれたような気がした。
視界がブレて、膝から力が抜ける。
まばゆい光は無数の星となって視界に広がっていき、鼻の奥でキナ臭い臭いがした。
牛崎の先制攻撃がヒットしたのだ。
佐伯には、その攻撃が見えなかった。
佐伯は、その場に立っていると危ないことを知っていた。
まだショックは残っていたが、上体を前方に振りながら、素早く右前方に移動した。
空気を切り裂くような音が聞こえた。牛崎の攻撃がすれすれで通り過ぎていったのだ。
ボクサーはダッキングやウィービング、スウェイなどで相手のパンチを避けるが、これは、パンチを見てから動くわけではない。

特に、激しい打ち合いになり、意識が半ば朦朧《もうろう》としている場合などは、体に染み込ませた動きが反射的に出るのだ。

この場合の佐伯もそうだった。

そして、佐伯は退がらず、斜め前方へ出ていた。それが大切だった。

退がったとたん、相手の第二第三の攻撃にさらされる。前に出るということは、相手の攻撃を制することにもなるのだ。

佐伯の左手が牛崎の腕に触れた。

佐伯は、『張り』の要領で、その左腕の肘を押さえつけようとした。

先ほどの先制攻撃は左の何かだということはわかっていた。

だが、佐伯が押さえるより一瞬早く、また牛崎の左が一閃した。

佐伯は、また顔面にしたたかなショックを感じた。鼻のあたりがしびれたと思うと、生温かいものが流れ出し、ぽたぽたとしたたった。鼻血だった。

続いて、右のフックが脾臓《ひぞう》に打ち込まれた。佐伯は呼吸ができなくなった。

さらに左のアッパー。

顎めがけて突き上げてきた。これをくらったら、ダウンは間違いなかった。

そして、この場合のダウンは、死を意味していた。

牛崎は本気で佐伯を殺そうとしている。尻餅でもつこうものなら、その瞬間にさらにおそろしい攻撃にさらされる。

そして、抵抗力をすべて奪われたあとになぶり殺しにされるのだ。

佐伯は、上体をひねってアッパーをかわした。

そのひねりを戻す勢いで左の『張り』を見舞った。

『張り』は、空手の刻み突きのように見えるが、拳を握らないために筋肉に余分な負担がなく、その分、タイミングが早い。

『張り』は牛崎の顔面を横からとらえた。威力はないが、牽制にはなった。牛崎の攻撃の手が止まる。

佐伯は、間合いを取ることができた。『張り』は軽くても独特の衝撃がある。拳で殴られるより、衝撃が広範囲に、しかも深く浸透するのだ。

牛崎が攻撃の手を止めたのはそのせいだった。

佐伯は、今の牛崎の攻撃で、彼の見えない左の正体を見て取った。

フリッカー・ジャブだった。

空手の裏拳打ちに近いスナップで、鞭《むち》のように打ち込む独特のジャブだ。

フリッカー・ジャブはタイミングがつかみにくく、しかも予想よりはるかに伸びてくる。

わかっていても避けられないジャブだ。牛崎はボクシングのエキスパートだったようだ。

フリッカー・ジャブは面倒な武器だ、と佐伯は思った。フリッカー・ジャブで先制攻撃を続けられたら、勝機はやってこない。

(ならば、出させないことだ)

佐伯は思った。

今度は、佐伯のほうからじりじりと間を詰め始めた。

スピードなら『張り』もフリッカー・ジャブに負けてはいない。問題は距離だ。その距離をカバーするのがタイミングの見切りだ。見切りがしっかりしていれば、例えば、四尺二寸一分の杖《じょう》で六尺の棒を制することもできるのだ。

佐伯は少しずつ間を詰めて行く。牛崎は、小刻みに足を動かし始めた。ぴょんぴょんとジャンプする感じではない。すべるようなステップだ。

佐伯に間合いをつかませまいとしているのだ。

実際、こうしたステップで間を幻惑されるのは面倒だった。しかも、牛崎には見えないフリッカー・ジャブがある。

佐伯は、右手を顔面の前にかかげ右手の肘のあたりに左手を配した。そのまま、前進を続ける。

両手は攻撃の準備とともに防御を兼ねている。佐伯がこれほどしっかりと構えるのはたいへん珍しかった。

（勝負は、一瞬で決まる）

佐伯はそう思った。

牛崎もそう読んでいた。

実力が伯仲している者同士の戦いというのはそういうものだ。小手調べも探り合いもない。自信のある技を、もっとも有効なタイミングで相手にぶつける——それで終わるのだ。

佐伯の前進が止まった。牛崎もステップを踏むのをやめた。

互いに、あと一センチでも近づけば間境を越える。

技の臨界だ。

ここで耐え切れなかった者が負ける。

また、ここで後れた者も負ける。

ふたりは、タイミングを読みながら睨み合っていた。すでに表面は見ていない。呼吸を計っているのだ。

牛崎の呼吸が止まった。

佐伯はそれに反応した。一足長ほど踏み込むと同時に『張り』を出した。

だが、牛崎が呼吸を止めたのはフェイントだった。

時間差をおいて、彼はフリッカー・ジャブを放った。

見えない左。

完璧なタイミングだった。

フェイントに誘われた佐伯には、そのフリッカー・ジャブはかわせそうになかった。

17

牛崎は、佐伯がフェイントにひっかかったと見た瞬間、勝利を意識した。

そのときに放ったフリッカー・ジャブはまさに完璧だった。

それは、踏み出してきた佐伯の顔面にカウンターで決まるはずだった。

カウンターはパンチの威力を倍以上にも増大させる。それは、相手が攻撃をしようとした瞬間、あるいは攻撃の最中に決まるからだ。

攻撃をしているときの状態がもっとも無防備なのだ。

そして、カウンターは、そうした物理的な虚を衝くだけでなく、心理的な虚を衝く形になる。

すでに牛崎の体は、フリッカーがヒットすることを予想して、次々とパンチのコンビネーションを繰り出す体勢になっていた。

万が一、左のジャブがかわされたとしても、コンビネーションを心がけていれば、必ずパンチは当たる。

牛崎は一秒間に五発のコンビネーション・パンチを出す自信があった。ボクサーとしては珍しくないが、素人と比べると、驚くほどのスピードだ。

フリッカー・ジャブに続いて、右のフックを自動的に出した。

牛崎は何か変だと感じた。

コンビネーション・パンチのスピードが思考を上回っている。そのせいで、何が起きたのかよくわかっていないのだ。

右のフックに続いて、左のアッパーを出した時点で、牛崎は何が妙なのかに気づいた。

フリッカー・ジャブはヒットしなかった。手ごたえがなかったのだ。

したがって、それに続いたコンビネーション・パンチも空を切っていた。

(しまった)

牛崎がそう思った瞬間、すさまじい衝撃を胸に感じた。

そのショックは一瞬にして全身に広がり、牛崎は、無意識のうちに、両手両足をでたらめに動かしていた。

これまで、さまざまな相手と戦った経験がある牛崎だったが、これほどの衝撃を受けたのは初めてだった。

何が起こったのかまったくわからぬまま、コンクリートの床に、もんどり打って倒れていた。

そのとき、ベルトにはさんであったニューナンブ・リボリバーと匕首が床に放り出された。

佐伯は、フィニッシュ・ブローを打ったままの恰好で立っていた。彼も動けなかった。

佐伯は、全身から汗が噴き出すのを感じていた。

彼は、牛崎の膻中《だんちゅう》に『撃ち』を見舞ったのだった。

フェイントをかけたのは、佐伯のほうだったのだ。

彼は、牛崎の誘いに乗るふりをして一歩踏み出し、『張り』を出した。しかし、その瞬間、体重を後方に移し、上体を引いていたのだ。

そこに、牛崎のフリッカーから続くコンビネーション・パンチがきた。

牛崎は完全に距離を誤っていた。佐伯のフェイントにひっかかったのだ。

佐伯は、牛崎のコンビネーション・パンチをかわすことができた。

かわしながら、すでに攻撃に移っていた。『佐伯流活法』の殺し技とさえいわれている強力な『撃ち』を、中段最大の急所である膻中に見舞ったのだ。

牛崎は、吹っ飛んだ。

彼は意識ははっきりしていた。だが、ひどいショックのため、手足がいうことをきかなかった。

膻中は中丹田とも呼ばれる。丹田というのは気のバッテリーだ。丹田を強打されると電気ショックのような衝撃が全身に走るのだ。

佐伯は、一瞬のうちにすさまじい神経の集中を強いられたために、その代償として、ひどい虚脱感を感じていた。

牛崎は、もがいて、床に転がった拳銃に手を伸ばそうとしていた。

佐伯はのろのろと歩み寄り、匕首と拳銃を拾い上げた。

牛崎は、顔中に汗をかいている。充血した眼をむいて、佐伯を睨みつけていた。

佐伯は言った。

「ドスと銃を持っていた。なのに、お前は素手で戦おうとした。思い上がりだ」

牛崎は苦しげにうめいた。

「まだだ……。まだ、勝負はついていない……」

「死ぬまで戦う気は、俺にはないんだよ」

牛崎は、佐伯に這い寄ってきた。歯を食いしばり、佐伯のほうに手を伸ばそうとする。

地獄へでも引きずり込むつもりでいるのかもしれないが、佐伯には、自分にすがってくるように見えた。

そのとき、銃声がして、牛崎の体がびくりと跳ね上がった。

佐伯は反射的に、コンクリートの床に身を投げて横転した。思ったより床はずっと固く、ダメージがあった。

匕首は取り落としていた。肩と腰を打ち、ひどく痛んだ。

荷の上に人影が見えた。

その人影が再び撃った。今度は佐伯を狙っていた。

佐伯は伏せた状態から狙いをつけ、リボルバーの引き金を引いた。銃弾は荷を支えている木枠に当たった。

初弾の命中率は悪い。佐伯は、呼吸を止めて、もう一度引き金を引いた。シリンダーが回る。

撃鉄が落ちたが、発砲はされなかった。もう一度引き金を引く。弾は出ない。

声がした。

「その銃には、弾は一発しか入っていなかったんだ」

佐伯は銃を投げ捨てた。そのとき、また銃声がして、佐伯のすぐそばに着弾した。

佐伯は身動きが取れなくなった。

荷の上から、人影が下りてきた。佐伯はその男を見ていた。

仲堀が一歩、荷の陰から歩み出た。トカレフを構えている。彼は言った。

「お前たちのどちらにも生きていてもらいたくないんだ」

佐伯は事情を把握した。

「なるほどな……。ヤクザが考えそうなことだ……」

「牛崎は思ったほど役に立たなかった。牛崎がお前を消してくれればもっと話は簡単だったんだがな……」

仲堀は牛崎を見た。

牛崎はじっと動かない。彼の腹の下には血だまりが広がっている。

牛崎は、声の主が仲堀であることに気づいていた。自分を撃ったのが仲堀であることを知り衝撃をうけると同時に言いようのない悲しみを感じていた。

だが、彼はすでに動けず、声を上げることもできない。

仲堀は佐伯に言った。

「さ、立つんだ。ふたりとも倒れているところを撃つわけにはいかない」

「俺と牛崎が殺し合ったというシナリオを作りたいわけだな……」

「そうだ。さ、言われた通りにしろ」

佐伯は、時間をかけて立ち上がった。その右手に、手品師のようなあざやかさで手裏剣が取り出されていた。

立ち上がった瞬間、佐伯は、右手を下から上に一閃させた。

仲堀は、右肩に焼け火箸を押し当てられたように感じた。

続いて痛みが襲ってきた。

彼は肩に手裏剣が刺さっているのを見た。

「くそっ！」

銃を撃とうとしたが、右腕が下がったまま言うことを聞かなかった。

佐伯の右手が続けざまに振られる。薄暗い明かりの下で、銀の糸を引いたように手裏剣が飛んだ。

すべて仲堀に命中した。

一本は左肩に当たり、さらに一本が右膝を貫いた。

仲堀は悲鳴を上げた。本来、手裏剣は致命傷を与える武器ではない。相手の虚を衝き、その間に、間合いを詰めてとどめを刺すのだ。

佐伯もそうした使いかたをする。膝を手裏剣で貫かれ、仲堀は床にひっくり返った。

そのとき、佐伯は、仲堀のすぐそばまできていた。

仲堀がそれに気づいた瞬間に、佐伯はサッカーボールを蹴るように、仲堀の頭を蹴り上げた。

相手がヤクザでなければ決してやらない危険な行為だ。

仲堀はたちまち眠った。

佐伯は、仲堀が持っていたトカレフを取り上げ、マガジンを一度抜いた。遊底《スライド》を引き、薬室《チャンバー》に入っていたカートリッジをはじき出す。

そのカートリッジを拾って、マガジンのなかに差し込むと、再びマガジンをグリップの下から叩き込んだ。

撃鉄を戻して、トカレフをベルトに差す。そして、牛崎に近づいた。

牛崎に顔を近づける。まだ息はあった。うつろな眼を開いている。

牛崎は何かつぶやいていた。佐伯は注意深く聞き取った。

「……仲堀の兄貴が俺を……」

「怨むな。組長の命令だ」

牛崎の眼に光が戻った。

「組長《オヤジ》が……。まさか、組長《オヤジ》が……」

彼は動こうとした。

「動くな。救急車を呼んでやる」

「俺を、組長《オヤジ》のところへ……」

佐伯は、牛崎が何をしようとしているのか理解した。

ひどいむなしさを感じながら、彼は尋ねた。

「組長はどこにいる？」

「情婦《バシタ》んとこだ……。いつもそこにいる……」

「わかった。住所は？」

佐伯は、組長の情婦の名と住所を聞き出した。

牛崎は言った。

「俺をそこに……。そこに連れて行ってくれ……」

それが牛崎の最期の言葉となった。

佐伯は立ち上がった。そして言った。

「俺はなぜかお前が嫌いになれなかった」

佐伯は出入口へ向かった。

扉を開けて外に出ると、ふたりの男が立っていた。

緑川と奥野だった。

「チョウさん……」

奥野が言った。佐伯は、大きく息を吸ってからこたえた。

「なかに死人とけが人がいる。あとはよろしくたのむ」

緑川が尋ねた。

「どこへ行く？」

佐伯は言った。

「これから俺がやることに口を出さんでくれ。お前さんたちは知らんほうがいい」

「何をやろうとしているかは知らん。だが、俺たちは法の番人だ。それを忘れるな」

「法をなめる者は、法の報復を受けなければならん」

「お前が法律だとでも言うのか？　思い上がるな」

「そんなことは考えていない。俺は、法律に失望している人々の代行をするだけだ」

奥野は言った。

「チョウさんはいつもそうでした」

緑川はその言葉を聞くと、それ以上何も言わなかった。

佐伯は、足早にその場を歩き去った。


マンションの前で、警備の真似事をしている組員は、退屈しきっていた。組員はふたりいたが、そんな状態の連中を眠らせるのは佐伯にとってわけはなかった。

佐伯は、玄関のチャイムを鳴らした。

返事はない。

しつこく何度も繰り返した。

やがて、ドアが開き、くたびれた表情の女が現れた。

「うるさいね。何だってのよ」

チェーンもつけていない。女は暴力団の組長が部屋にいるというだけで気が大きくなっているに違いなかった。若い衆が下にいることも知っているので、安心しきっているのだ。

佐伯は言った。

「すみません。組長《オヤジ》に急ぎの用で……」

女は舌を鳴らした。

彼女が佐伯の顔を知っているはずはない。その一言で、克東報徳会の人間だと信じ込んでしまった。

「ちょっと待ってな……」

奥にひっ込んだ。

佐伯は玄関に立っていた。

しばらくして、シルクのガウンをひっかけた久礼が廊下の先に現れた。

「組長《オヤジ》さんで……?」

佐伯が訊いた。

「何だ今時分……」

久礼がそう言いかけたとき、佐伯の持ったトカレフが二度火を噴いた。

一発は久礼の口から入り、後頭部にすり鉢状の穴をあけた。もう一発は喉から入り、首を貫通していた。

久礼は即死だった。

銃声がした直後、佐伯は玄関を飛び出し、階段を駆け下りた。

そのまま、佐伯は夜の街に姿を消した。

18

永田町の『環境犯罪研究所』に、午前の柔らかい光が差し込んでいた。ひどくのどかなオフィスの風景だ。

美しい白石景子が佐伯の向かいの席で、まったくいつもと変わらぬ様子でパソコンのキーを叩いている。

佐伯は新聞を広げ、東京地検特捜部が克東運輸の家宅捜索を行なったという記事を読んでいた。

検挙者はかなりの数にのぼりそうだった。

それに関連して、暴力団克東報徳会の内部抗争の記事が出ていた。

組長の久礼と、組員の牛崎は内部抗争によって死亡したと書かれている。

幹部の仲堀は警視庁で取り調べを受けている。

佐伯の心は、オフィスののどかさに反してざわついていた。

相手がどんな人間であれ、人を殺すというのは嫌なものだ。彼は自己嫌悪を感じているのだった。

凶器のトカレフは、所長の内村に渡した。そのとき、内村は日常の書類でも受け取るように顔色ひとつ変えなかった。

その後、その銃がどう処理されたのか、佐伯は知らない。知る必要もなさそうだった。

中島律子が禁断症状を脱したという知らせが、ミツコから『環境犯罪研究所』に入ったのはその日の夕刻のことだった。

内村と佐伯は病院へ向かった。

ミツコは、律子とふたりきりにしてくれと言った。

内村、佐伯、律子の母の春江、そして奥野がそこにいたが、全員がそれに同意するしかなかった。

ミツコは、律子の話を聞こうとしたが、律子は何も言おうとしない。

長い沈黙のあと、ミツコは自分の身の上話をした。誇張もせず、美化もせず、事実だけを述べた。

そのあと、彼女は言った。

「ひどい経験は忘れようとしたって忘れられない。でも、あなたを助けようとしてくれた人が何人もいたことを忘れないでほしいわ。過去の奴隷になった人間で、幸せになった人はいない。誰よりも幸福になることが報復だと思うべきだわ」

返事はない。

ミツコは立ち上がった。

「あたしにはこれ以上、何も言えない」

彼女は、無力感を感じて戸口に向かった。

「ねえ……」

律子が言った。

ミツコは、はっと振り返った。律子は、切実な眼をしていた。

「なあに？」

戸惑いののちに、律子は言った。

「お友達になってくれる？」

その一言で、ミツコは報われたと感じた。

「ええ。もちろん」

ミツコがドアから出てきた。

彼女はまず内村に言った。

「ひどい人ね」

内村はうなずいた。

「わかっています」

佐伯は、ミツコをなぐさめたいと思った。だが次の瞬間、ミツコは内村の胸に顔をうずめ、泣き出した。

内村はミツコを抱き止めていた。

内村は言った。

「ごくろうさま。あとは弁護士の平井さんにまかせればだいじょうぶです」

佐伯は驚いたが、やがて理解した。

人間は、自分を信じ、役割を与えてくれた者を信頼するものなのだ。

なぜか佐伯は、淋しさを感じていたが、決して不愉快ではなかった。

奥野が佐伯にそっと言った。

「ちょっといいですか？　チョウさん」

「何だ？」

「緑川さんが臍《へそ》を曲げてますよ」

「あの夜のことについちゃ言い訳はしない。いざとなりゃ、出るところに出る覚悟だ」

「そうじゃなくて……。緑川さん、いっしょに行きたかったらしいんです」

佐伯は、一瞬奥野の顔を見つめ、そのあと、心底あきれたようにかぶりを振った。

白石邸に佐伯が戻ったのは夜の十時過ぎだった。

いつものように執事が迎えに出た。

「俺が帰るときはいちいち出迎えなくていい」

執事は目を丸くした。

「私の仕事を否定なさるのですか?」

佐伯はこみ上げてくる笑いをこらえて言った。

「すまなかった」

「お嬢さまが居間でお待ちです」

「ほう……」

佐伯はまっすぐ居間へ向かった。

オフィスにいるときとはまったく違う景子がいた。

ポロシャツにジーンズという姿だ。ずいぶんと若く見えた。

彼女は佐伯を見ると、グラスに氷を入れ、ウイスキーを注いだ。

「一杯やりましょう」

佐伯は黙ってグラスを受け取った。

「ねぎらってくれるのか？」

「そう。傷つきやすいあなたの心をねぎらえるものなら」

景子は佐伯の持っているグラスに、自分のグラスを軽く合わせた。

執事は密かに姿を消した。

「傷つきやすい？」

佐伯はグラスの中味を飲んだ。

酒は急速に喉を下がり、腹の底で燃え上がった。

景子のほほえみとともに、その酒は、確かに心の傷に効きそうだった。

解説

関口苑生《せきぐちえんせい》
（文芸評論家）

本書『罪責　潜入捜査』（初刊は一九九三年『覇拳必殺鬼』として飛天出版より刊行）が発表された一九九三年は、日本にとって特筆すべき重大な出来事が起きた年だった。七月に行われた総選挙で自民党が単独過半数を獲得できず、非自民八党派による連立内閣が誕生したのである。これによって五五年体制は崩壊、自民党一党独裁の政権がついに幕を下ろしたのだった。

これで一体何が変わったか。今になって思えば、という後知恵的な意見はこの場ではさておくとしても——何か変わるんじゃないかといった期待感は、あの当時、誰もが抱いたことと思う。本書の中でも佐伯をはじめ何人かの人物が、政権交代によって暴力団への対応が劇的に変化する……はずだとの感想をもらしている。というのも、かつては様々なしがらみから政府与党が暴力団を守ってきた歴史があったからだ。暴力団の取り締まりに政治的な圧力がかかったこともある。企業・暴力団・保守党という三者の蜜月関係が続いてきたのは、暗黙の了解事項であり歴史的事実であったのだ。そのことはこれまでのシリーズでも、繰り返し語られている。それがこの新体制となって、政治家たちがもう暴力団を守ろうとしない世の中になるとの希望が生まれてきたのだった。つまり、警察も検察も圧力など気にせずに、思い切り、容赦なく暴力団を叩ける時代が明けた、と佐伯たちは考えたのである。まったく、小説とはある意味で「生もの」なのだなとつくづく思わざるを得ない。その時々の社会状況、時代背景、そして人々の生活と思いなどを作品の内に取り込み、自然な形で反映させていくことも役目であろうからだ。とはいえ、流行りものを追いかけてばかりいたら、今度は単純に風俗の紹介小説となってしまうおそれがあり、これはこれで普遍性がなく、面白みの欠けたものとなってしまう。今野敏はそうしたあたりの勘どころの良さ、バランス感覚は天性の才能があるように思う。本書でもその資質は十二分に発揮されて、いつもの痛快な活劇アクションはもちろん、透徹した同時代性も加味された奥行きの深い物語となっている。

物語は、小学校のゴミ捨て場に不法投棄されていた使い捨て注射器を触った子供が、B型肝炎に感染したことから始まる。面倒事を嫌う学校関係者をよそに、ただひとりベテラン教師が廃品回収業者の責任を追及するが、業者のバックには暴力団がついていたのだった。彼らの脅しと暴力は、教師にだけではなく家族にも及んだ。まず長男が自動車事故に遭い、全治三カ月の重傷。ついで高校生の長女が拉致《らち》監禁され、強姦されるという事件が起きたのだった。長女は一晩中、何人もの男に犯され続け、ビデオまで撮られていた。さらには教師自身もヤクザに匕首《あいくち》で刺され、命を奪われる羽目になる。

本シリーズの特徴のひとつとして、ヤクザが一般人に与える暴力の凄まじさ、残虐さ、えげつなさが容赦ない筆致で描かれるという要素がある。だが本書では、常にも増してそのエグさがエスカレートしているような気がする。暴力団の悪辣《あくらつ》非道《ひどう》ぶりを徹底的に描けば描くほど、佐伯の怒りはより激しくかき立てられることになるのだが、今回は佐伯と同等かそれ以上に怒りの炎を燃やす仲間が多く見られるのである。あくまで憶測にしかすぎないが、そこには冒頭で触れたような政権交代による暴力団への対策変化を、読者にも効果的に訴える目的もあったと思う。あの普段は冷静な内村所長にしても、環境犯罪の実態を把握するという仕事をすすめる上で、暴力団が妨害するようなら、われわれは実力で排除すると断言し、

「保守党の長期単独政権がようやく終わりました。日本はようやく戦後から抜け出したのです。冷戦時代のままのシステムは変えていかなければならない」

そのためには、身内からもどうかしていると思われるような暴力団の徹底排除も、国を変えていくには必要なのかもしれない、と熱をこめて力強く語るのだった。

と、ここでいささか話は脱線するが――この内村尚之という人物は、今野敏が描く他の作品のある人物と、どこか似ているような気がしないだろうか。わたしが思うのは《隠蔽捜査》シリーズの主人公・竜崎伸也警視長で、キャリア官僚という共通項だけでなく、何となくふたりの立ち居振る舞いや雰囲気にも共通するものがあるように感ずるのだ。

たとえば、本書で内村所長は、

「公務員というのは、国のために働くものだと私は信じています。そして、国というのは権力者のためにあるのではなく、あくまで、国民のためにあるのだ、と思っています」

と佐伯に語りかけ、

「さらに言えば、国のために働く、という言いかたをするとき、それは、国をよくするために働く、という意味でなければならないと私は考えているのです」

との意見を述べている。立派な意見だと思うが、普通の人間の感覚で言えばあくまで理想論であるし、たてまえと受け取れる発言だろう。しかし、内村にとってはこの理想論＝たてまえが本音であり、それを実現するために全力を傾ける人間なのだった。そして竜崎伸也もまた徹底した原理原則主義者で、たてまえを貫くことこそが正義であり、正論なのだと固く信じて疑わない人物であった。

作品の発表順で言えば、この《潜入捜査》シリーズのほうがもちろん早いわけだから、そうすると内村尚之は――もしかすると竜崎伸也の原型となる人物だったのではないか、なんてことも考えているのだが、どうか。

さて話を戻そう。前作『処断』の解説でも書いたことで、繰り返しになってしまうが、犯罪というのは何かしらの歪みをきっかけに発生するものだ。歪みとは精神的なものであれ、物質的なものであれ、はたまた制度的なものであれ、疲弊や劣化、摩擦《まさつ》、軋轢《あつれき》、腐敗その他もろもろの圧力がかかってくることによって生じる現象である。最初はぴったりと寸分の狂いさえないようなものでも、手入れを怠《おこた》って長い間放置したままにしておくと、確実に歪みは生じてくる。その歪みに乗じて犯罪の芽はどこからでも忍び寄ってくるのだ。政治や経済の世界では特にそれは顕著だ。いや法律、行政、教育にしても同様だろう。長く続く権力は、おのずと腐敗する。というよりも、権力が腐敗するのではなく、権力とはもともと腐臭がぷんぷんと漂うものだったのだ。

新しい時代の犯罪である環境犯罪も、やはり歪みが生み出したものと言えよう。高度成長時代に、無理に無理を重ねて作り上げてきた生産システムや大量消費の構造など、いろいろな面で齟齬《そご》や軋轢が生じる世の中になってくると、そこには必然歪みが生じる。過去のツケが回ってきたと言ってもよい。するとその歪みを商売にして、うまい汁を吸おうという連中もいるわけで、環境犯罪の多くはそういう場面で生まれてくる。そんな商売をする連中は、当然のことながらかなりの割合を暴力団が占めているのだ。

佐伯が属する「環境犯罪研究所」の主たる目的は、環境犯罪の実態を把握することと、それを妨害する者（暴力団）の排除である。事実、佐伯はこれまでに瀬能組、泊屋組、艮組と三つの暴力団を解散に追いやっている。すべて坂東連合傘下の組だ。そして今回の事件の背後にも、克東報徳会という坂東連合系の暴力団が暗躍していたのだった。しかも彼らは、手にかけたベテラン教師の娘を再びさらい、何人もの組員が犯しまくり、ビデオ撮影をし、覚醒剤まで打っていたのである。佐伯の怒りは頂点に達し、敢然と戦いを挑むのだ。

これがもう凄《すご》い、凄い、凄い。格闘アクション描写には定評のある今野敏だが、本書はその中でも一、二を争うくらいの凄味が感じられる。これは作者の意図というよりも、むしろ逆に作中人物である佐伯の怒りが乗り移ったごとく、激しく、熱い場面が繰り広げられるのだ。どうか存分にお楽しみいただきたい。

（二〇一二年二月）

〈追記——実業之日本社文庫新装版刊行にあたり〉

この《潜入捜査》シリーズが刊行されたのは、一九九一年から九五年にかけてのことだった。いま思えばだが、この当時というのは日本全体が混迷を極めていた大変な時代でもあった。バブルが弾《はじ》け日本経済はどん底状態に陥り、長らく君臨していた自民党政権が幕を下ろし非自民八党派による連立内閣が誕生するなど、政治・経済はもとより、あらゆる分野で何かしらの問題や破綻などが生じていた。

そんな時代の一九九二年に、暴力団の封じ込めを目的としたいわゆる暴力団対策法が施行される。まさに本シリーズが書かれていた時期の真っ最中である。これは「暴力団の構成員による暴力的な要求行為を規制し、暴力団の対立抗争による市民への危険を防止する措置を講ずることなどによって、市民生活の安全・平穏を確保することを目的として制定された法律」であった（デジタル大辞泉の解説より）。

具体的には都道府県の公安委員会が暴力団を指定し、その団体の組員らの不当な行為を規制するもので、寄付金や物品購入の強要、不当な利益を伴う債権取り立て、示談への介入など十一項目の行為が規制された。また指定暴力団同士の対立抗争のときには組事務所の使用を禁止できる……など一応もっともらしい文言がずらずらっと並んでいる。

この法律によって暴力団は減少し、市民の生活は守られると思った人は多かったに違いない。しかし実態はまったく違った。が、まあそのことを書いていくときりがなくなりそうなのでやめておくが、本書の中でも刑事のひとりが暴力団組長に、「暴対法が成立・施行された。あんたらは、あの法律をザル法だと思っているだろう。確かにあの法律自体にそれほどの力があるとは思えない」などと平気で言っているのを読むと、その成果のほどがわかろうというものだ。

だがその後の幾度かの改正法や、新たな暴力団排除条例の全国的な施行により相当数の暴力団が解散していったのは事実で、当初の目的は達せられたようにも表面上は見えるのだが、これもまたその真の実情は……と、ここではそれ以上のことは控えておく。実際に警察白書によると「暴力団構成員等」の数は、一九六三年の約十八万四千百人が過去最多で、二〇二〇年の時点では暴力団組員および準構成員を加えてもピーク時に較《くら》べると八十五パーセント以上減っているとの報告もある（暴力団員一万三千三百人、準構成員一万二千七百人)。だがこの数字は……と書き始めるとこれもきりがないので、ざっくり言うと「組」の人間は少なくなったかもしれないが、そこに属さない半グレと呼ばれる連中が増え、さらには半グレからも脱落して単に常習的に犯罪を繰り返す人間へと零落していっただけとの指摘は多い。さらに加えて、外国人犯罪者の数も軽視できない数になってきている。

ともあれ本シリーズでは、佐伯は――法律の網の目をくぐって稼業を続け、暴力と恐怖で一般人を支配しようとする暴力団に対し、敢然と立ち向かいヤクザ狩りを断行していく。わずかずつではあるが新しい仲間や同調してくれる人も増え心強くもなってはきたが、最終的に闘いの場にはたったひとりで向かっていくのだ。

それにしてもヤクザの稼業というのは実に多岐にわたっている。賭博や薬物、売春などは明らかに違法であり彼らにしても「裏」の仕事と認識しているようだが、違法性をくぐり抜けた「表」の仕事(暴力団の仕事に表も裏もないものだが)は、金融、不動産、土建、運輸、興行、人材派遣、解体、産業廃棄物、会社整理、債権回収、縄張り内のトラブル処理……等々と、本当にさまざまな分野にまで蔓延《はびこ》っているのだった。

佐伯がヤクザをこれほどまでに憎む理由は、これまでの物語に詳しいが、彼の生い立ちによるところが大きい。また家族や親族までもが殺されている。その恨みも忘れてはいない。だが何といっても、彼の揺らぐことのない正義感がやはり一番だろう。そんなヒーローが卑劣で残虐な悪と闘ってこれを打ち負かす。
この勧善懲悪の物語が、じわりと熱いものを胸に湛《たた》えてくれるのだ。

（二〇二一年六月）

この作品はフィクションであり、実在する人物、団体、地域等とは一切関係ありません。

本書は一九九三年四月に飛天出版より刊行された『覇拳必殺鬼』を『罪責 潜入捜査』と改題し二〇〇九年四月に有楽出版社より新書版（ジョイ・ノベルス）として、また二〇一二年四月に実業之日本社文庫版として刊行された作品の新装版です。

本作品の時代背景、社会情勢は一九九三年当時のままといたしました。

実業之日本社文庫　最新刊

伊兼源太郎
ブラックリスト　警視庁監察ファイル
容疑者は全員警察官――逃亡中の詐欺犯たちが次々と変死。警察内部からの情報漏洩はあったのか。ブラックリストが示す組織の闇とは!?（解説・香山二三郎）
い13 2

岩城裕明
呪いのカルテ　たそがれ心霊クリニック
30歳で死ぬ呪いを解くため悪霊を食べる医者？　日本で唯一の心霊科を掲げる恵介には、幽霊を見られる相棒が…。この恐怖は、泣ける！（解説・織守きょうや）
い19 1

宇佐美まこと
少女たちは夜歩く
魔界の罠にはまったら逃げられない――森の中で不可解な悲劇に見舞われる人々。悪夢を見た彼らに救いの時は？　戦慄のホラーミステリー！（解説・東　雅夫）
う7 1

菊川あすか
君がくれた最後のピース
母を亡くして二年、家族のため気丈に頑張ってきた大学生の智子。報われない毎日が嫌になり旅に出るが…。時空を越え、愛されることの奇跡を描いた感涙物語！
き5 1

草凪　優
冬華と千夏
近未来日本で、世界最新鋭セックスAIアンドロイドがデビュー。人々は快楽に溺れる。仕掛け人は冬華。著者渾身のセクシャルサスペンス！（解説・末國善己）
く6 9

今野　敏
罪責　潜入捜査〈新装版〉
廃棄物回収業者の責任を追及する教師と、その家族にヤクザが襲いかかる。元刑事が拳ひとつで環境犯罪に立ち向かう熱きシリーズ第4弾！（解説・関口苑生）
こ2 17

沢里裕二
桃色選挙
野球場でウグイス嬢をしていた春奈は、突然の依頼で市議会議員に立候補。セクシーさでは自信のある彼女はノーパンで選挙運動へ。果たして当選できるのか!?
さ3 14

実業之日本社文庫　最新刊

中山七里
ふたたび嗤う淑女
金と欲望にまみれた〝標的〟の運命を残酷に弄ぶ、投資アドバイザー・野々宮恭子。この女の目的は……人気悪女ミステリー、戦慄の第二弾!（解説・松田洋子）
な52

早見 俊
女忍び　明智光秀くノ一帖
卓越した性技をもち、明智光秀を支える「白蜜党」。武田信玄を守る名器軍団「望月党」。両者は最終決戦へ。新聞連載時より話題沸騰、時代官能の新傑作!
は72

南 英男
罠の女　警視庁極秘指令
熱血検事が少女買春の疑いをかけられ停職中に金属バットで撲殺された。極秘捜査班の剣持直樹は、検事を罠にかけた女、自称〈リカ〉の行方を探るが――!?
み720

木宮条太郎
水族館ガール8
いつまでも一緒にいたい――絶滅危惧種の保護問題に直面しつつ、進む由香と梶の結婚準備にさらなるハードル。そしてアクアパークにまたもや存続の危機が?
も48

遊歩新夢
三日後に死ぬ君へ
過去を失った少女と、未来に失望した青年。ふたりの宿命的出会いが奇跡を起こす!?　切なすぎる日々の果てに待っていたものは…。怒濤のラストは号泣必至!
ゆ31

吉田雄亮
北町奉行所前腰掛け茶屋　片時雨
名物甘味に名裁き?　貧乏人から薬代を強引に取り立てる医者町仲間と呼ばれる集まりが。彼らの本当の狙いとは?　元奉行所与力の老主人が騒動解決に挑む!
よ58

実業之日本社文庫　好評既刊

今野 敏
マル暴甘糟《あまかす》
警察小説史上、最弱の刑事登場!?　夜中に起きた傷害事件は暴力団の抗争か半グレの怨恨か。弱腰刑事の活躍に笑って泣ける新シリーズ誕生！（解説・関根 亨）
こ 2 11

今野 敏
男たちのワイングラス
酒の数だけ事件がある――茶道の師範である「私」が通うバーから始まる8つのミステリー。『マティーニに懺悔を』を原題に戻して刊行！（解説・関口苑生）
こ 2 12

今野 敏
マル暴総監
史上〝最弱〟の刑事・甘糟が大ピンチ!?　殺人事件の捜査線上に浮かんだ男はまさかの……痛快〈マル暴〉シリーズ待望の第二弾！（解説・関口苑生）
こ 2 13

今野 敏
潜入捜査　新装版
今野敏の「警察小説の原点」ともいえる熱き傑作シリーズが、実業之日本社文庫創刊10周年を記念して装いも新たに登場！　㊙捜査の行方は…。（解説・関口苑生）
こ 2 14

今野 敏
排除　潜入捜査〈新装版〉
日本の商社が出資した、マレーシアの採掘所の周辺住民が白血病に倒れた。元刑事が拳ひとつで環境犯罪に立ち向かう、熱きシリーズ第2弾！（解説・関口苑生）
こ 2 15

今野 敏
処断　潜入捜査〈新装版〉
魚の密漁、野鳥の密猟、ランの密輸の裏には、姑息な経済ヤクザが――元刑事が拳ひとつで環境犯罪に立ち向かう熱きシリーズ第3弾！（解説・関口苑生）
こ 2 16

実業之日本社文庫　好評既刊

知念実希人
仮面病棟
拳銃で撃たれた女を連れて、ピエロ男が病院に籠城。怒濤のドンデン返しの連続。一気読み必至の医療サスペンス、文庫書き下ろし！（解説・法月綸太郎）
ち11

知念実希人
時限病棟
目覚めると、ベッドで点滴を受けていた。なぜこんな場所にいるのか？　ピエロからのミッション、ふたつの死の謎…。『仮面病棟』を凌ぐ衝撃、書き下ろし！

ち12

知念実希人
リアルフェイス
天才美容外科医・柊貴之。金さえ積めばどんな要望にも応える彼の元に、奇妙な依頼が舞い込む。さらに整形美女連続殺人事件の謎が…。予測不能サスペンス。

ち13

知念実希人
レゾンデートル
末期癌を宣告された医師・岬雄貴は、不良から暴行を受け、復讐を果たすが、現場には一枚のトランプが……。最注目作家、幻のデビュー作。骨太サスペンス‼

ち14

知念実希人
誘拐遊戯
女子高生が誘拐された。犯人を名乗るのは「ゲームマスター」。交渉役の元刑事が東京中を駆け回るが…。衝撃の結末が待つ犯罪ミステリー×サスペンス！

ち15

実業之日本社文庫　好評既刊

知念実希人
崩れる脳を抱きしめて
研修医のもとに、彼女の死の知らせが届く……。愛した彼女は本当に死んだのか？　驚愕し、感動する、恋愛ミステリー。著者初の本屋大賞ノミネート作品！

ち16

貫井徳郎
微笑む人
エリート銀行員が妻子を殺害。事件の真実を小説家が追うが……。理解できない犯罪の怖さを描く、ミステリーの常識を超えた衝撃作。（解説・末國善己）
ぬ11

東野圭吾
白銀ジャック
ゲレンデの下に爆弾が埋まっている――圧倒的な疾走感で読者を翻弄する、痛快サスペンス！　発売直後に100万部突破の、いきなり文庫化作品。

ひ11

東野圭吾
疾風ロンド
生物兵器を雪山に埋めた犯人からの手がかりは、スキー場らしき場所で撮られたテディベアの写真のみ。ラスト1頁まで気が抜けない娯楽快作、文庫書き下ろし！

ひ12

東野圭吾
雪煙チェイス
殺人の容疑をかけられた青年が、アリバイを証明できる唯一の人物――謎の美人スノーボーダーを追う。どんでん返し連続の痛快ノンストップ・ミステリー！

ひ13

実業之日本社文庫 こ2 17

罪責《ざいせき》 潜入捜査《せんにゅうそうさ》〈新装版《しんそうばん》〉

2021年8月15日 初版第1刷発行

著 者 今野敏《こんのびん》

発行者 岩野裕一
発行所 株式会社実業之日本社
〒107-0062 東京都港区南青山5-4-30
CoSTUME NATIONAL Aoyama Complex 2F
電話 [編集]03(6809)0473 [販売]03(6809)0495
ホームページ https://www.j-n.co.jp/
DTP ラッシュ
印刷所 大日本印刷株式会社
製本所 大日本印刷株式会社

フォーマットデザイン 鈴木正道(Suzuki Design)

ISBN978-4-408-55680-2(第二文芸)